# Waldwellenreiten

Udo Gröbner

*Verfasser:* Udo Gröbner
https://www.udogroebner.com

*Lektorat, Korrektorat:* Lektorat Rohlmann & Engels
https://www.lektorat-rohlmann-engels.com

*Umschlagfoto:* © Michael Ankes
https://unsplash.com/photos/YuINSY_V7J0

*Herstellung und Verlag:* BoD – Books on Demand,
Norderstedt

*ISBN: 978-3-7528-0685-4*

Bibliografische Information der Deutschen
Nationalbibliothek:
Die Deutsche Nationalbibliothek verzeichnet diese
Publikation in der Deutschen Nationalbibliografie;
detaillierte bibliografische Daten sind im Internet über
http://dnb.d-nb.de abrufbar.

# 1996

## Atlanta

Zwei Schüsse konnten Florian Bertholds Leben für immer verändern. Er wollte treffen. Er musste treffen. Florian zwang sich zur Konzentration. Ein Auge war geschlossen, das andere blickte durch das Zielfernrohr. Er ignorierte das plätschernde Gemurmel der Zuschauer. Atmete ruhig.

Diese beiden Schüsse mussten sitzen. Alles danach wäre egal. Und wenn er für den Rest seines Lebens wie ein Betrunkener auf der Kirmes in den Himmel ballerte. Völlig irrelevant. Hauptsache, diese beiden Male: anlegen, anvisieren, abdrücken.

Er nickte.

Eine einzelne Tontaube schnellte in den sonnigen Himmel von Atlanta.

Er legte an. Er schoss.

Krachend zersplitterte das Wurfgeschoss zu einer roten Staubwolke. Nummer eins.

Er nickte erneut. Eine weitere Scheibe wurde ins Blau katapultiert. Flori verfolgte die Flugbahn seines Zieles mit dem Gewehr. Drückte ab. Lautes Splittern.

Der leichte Wind zerstob ein weiteres Mal die rote Staubwolke, bis man nicht mehr erahnen konnte, dass hier soeben etwas geflogen war. Er hatte sie erwischt. Alle beide.

Verdammt, er hatte sie tatsächlich erwischt!

»Florian Berthold scores two times. That makes an overall score of a perfect 150«, schallte es aus den Lautsprechern.

Das Blut rauschte in seinen Ohren. Sein Herz pumpte heftig. Er hatte es geschafft. Jetzt galt nur, dass der Italiener nicht auch beide Schüsse anbrachte. Ein einziger Fehlschuss und er hätte ihn geschlagen.

Flori ging zurück zu seinem Platz. Schritt für Schritt. Bemüht, ruhig zu bleiben. Schloss die Augen und versuchte seine Atemfrequenz zu reduzieren, wie er es auch vor jedem Schuss machte. Doch diesmal funktionierte das nur bedingt. Die Aufregung war einfach zu groß.

Um seiner Nervosität Herr zu werden, ließ er seinen Blick über die kleine Tribüne der Zuschauer schweifen. Wenig überraschend waren die meisten von ihnen durch ihre rot-weißen Fähnchen mit den charakteristischen weißen Sternen auf blauem Grund als Fans des olympischen Gastgebers zu erkennen. Doch Bill Roy, der beste Skeet-Schütze der USA, würde in diesem Wettbewerb nichts zu holen haben. Im letzten Durchgang führte er, Florian Berthold, BRD.

In den acht zurückliegenden Runden hatte er jede einzelne Scheibe erwischt. Das war mehr, als er zu träumen gewagt hatte. Und nun stand er kurz davor, die Goldmedaille zu gewinnen.

Zum Triumph fehlte einzig, dass der Italiener Ennio Falco, der bisher ebenfalls alles getroffen hatte, bei seinen letzten beiden Schüssen patzte.

Zunächst aber hatte Nikolay Tyoply aus Russland seinen letzten Versuch. Er traf beide Tontauben, hatte aber aufgrund von vier Fehlern zuvor mit den Medaillen überhaupt nichts mehr zu tun.

Die Zuschauer wurden lauter und applaudierten, als Todd Graves an den Schießstand trat. Der Amerikaner hatte ebenfalls keine Chancen mehr auf eine Medaille, aber als einer der ihren wurde er trotzdem vom Publikum gefeiert.

Todd legte an, nickte, schoss. Die Tonscheibe flog unbeschädigt weiter.

Er nickte erneut. Diesmal saß sein Versuch. Der Widerhall des Schusses verklang, der feine rote Staub der zerfaserten Scheibe verband sich bis zur Unkenntlichkeit mit dem ihn umgebenden Himmel.

Und dann war Falco an der Reihe.

Floris Puls beschleunigte. Natürlich war es ein wenig unsportlich, dem Gegner einen Fehlschuss zu wünschen, aber er konnte nicht anders. Er wollte diese Medaille!

Ennio Falco machte sich bereit. Er wippte sein Gewehr mit dem rechten Arm. Dann hob er ihn und legte an. Senkte den Lauf. Setzte erneut an. Nickte. Die rote Scheibe wurde beschleunigt, Falcos Oberkörper rotierte leicht, als er das Objekt anvisierte. Er drückte ab. Mit einem lauten Knacken durchschlug die Kugel die tönerne Scheibe. Treffer.

Flori fluchte leise.

Falco nickte erneut. Ein weiteres Mal katapultierte der Wurfapparat eines der kleinen Objekte nach oben. Ennio Falco verfolgte mit der Gewehrmündung die Flugbahn. Ein Schuss war zu hören. Und es passierte: nichts. Die Tontaube flog unbeschädigt weiter.

Falco hatte verfehlt!

Mit dem letzten Versuch seines Kontrahenten war Florian Berthold zum Olympiasieger geworden! Der Italiener ließ enttäuscht sein Gewehr sinken. Flori hingegen riss die Arme nach oben. Jubilierend sprang er in die Luft. Er hatte es tatsächlich geschafft!


Als Flori in absoluter Feierlaune mit einigen anderen deutschen Olympioniken das Foyer der deutschen Unterkunft betrat, hingen an der Pinnwand mehrere Nachrichten für ihn. Seine Mutter hatte angerufen, ebenso sein Trainer, Ansgar. Sollte er weiterfeiern?

Nein, er wollte diesen wunderbaren Moment mit den beiden teilen. In den kleinen Zimmern gab es keine Telefonanschlüsse, daher konnte er nur in der Halle telefonieren. Er versuchte es zuerst bei Ansgar.

Als Flori ihn begrüßte, gab es kein Halten mehr.

»Du bist ja vollkommen verrückt! Das ist der absolute Wahnsinn!«, schrie Ansgar in den Hörer, wobei sich seine Stimme überschlug.

Flori schossen Tränen der Freude in die Augen, aber er konnte sie zurückhalten. Seine Mundpartie war ein einziges Grinsen. Einen anderen Ausdruck ließen seine Gesichtsmuskeln seit Stunden nicht mehr zu.

»Ganz ehrlich, mein Lieber, du hast super trainiert. Und ich habe schon mit einem guten Abschneiden gerechnet. Aber dass du das Ding gewinnst?«

Sie mussten beide lachen. Flori hatte selbst im Traum nicht daran gedacht.

»Tja, einen Goldjungen hattest du nicht auf dem Schirm, was?«

»Nein, wirklich nicht. Aber dann hat die Ansgar-Konzentrationsmethode also doch gewirkt«, scherzte Ansgar, als sie sich beide wieder etwas beruhigt hatten.

Flori dachte an die letzten Trainingseinheiten zu Hause in Leipzig. Ansgar hatte eine neue, etwas skurrile Methode ausprobiert, um die Konzentrationsfähigkeit zu stärken: Er hatte Flori per Kopfhörer Witze erzählt und in seinem erweiterten Gesichtsfeld Mitglieder des Leichtathletikvereins trainieren lassen, während Flori auf Tontauben anlegte. So hatte er gelernt, sowohl akustische als auch visuelle Reize auszublenden.

»Scheint so, ja«, bestätigte Flori lachend.

»Na gut, ich will dich nicht länger von deinem verdienten Bier abhalten. Meine Gratulation nochmal! Das ist echt der Hammer!«

Nachdem er aufgelegt hatte, atmete Flori tief durch, um sich zu sammeln, und wählte die Nummer seiner Mutter.

Sie ging sofort nach dem ersten Klingeln an den Apparat.

»Ach, Flori, ich bin so wahnsinnig stolz! Ich kann's dir gar nicht sagen«, schluchzte sie und brach augenblicklich in Tränen aus.

Jetzt konnte auch er sich nicht mehr beherrschen. Dicke, schwere Tropfen rannen über seine Wangen.

»Unglaublich, oder? Ich kann's selber noch gar nicht fassen.«

Er hatte nicht weinen wollen. Seit sein Vater gestorben war, hatte Flori nach und nach den männlichen Part der Familie übernommen. Oder eher übernehmen müssen. Seine Mutter hatte ihn in diese Rolle gedrängt.

»Schade, dass dein Vater das nicht mehr erleben durfte. Aber ich bin mir sicher, wo auch immer er jetzt ist, ist er auch stolz auf dich.«

»Ja, bestimmt«, antwortete Flori knapp. Er wollte jetzt nicht an seinen Vater denken.

Nach ein paar kurzen Sätzen verabschiedeten sie sich. Seine Mutter war einfach immer noch zu sehr in der Vergangenheit verhaftet. Aber Floris Leben war die Gegenwart.

Und diese sollte nun wirklich ordentlich begossen werden! Wie oft wurde man schon Olympiasieger?


Zwei Stunden später legte Flori sich völlig erledigt und latent beschwipst auf sein Bett. Er starrte an die Decke des engen Raumes. All das Training, all die körperlichen Strapazen. Es hatte sich gelohnt!

Er hatte das Gefühl, jede einzelne Faser seines Körpers bestünde aus purer Freude.

Hätte er damit rechnen können? In seinen kühnsten Träumen vielleicht. Niemand hatte das vorhergesehen. Noch nicht mal er selbst.

Flori drehte sich zur Seite. Sein Blick streifte das Hochzeitsfoto seiner Eltern, das er auf den Nachttisch gestellt hatte. Als er an die Worte seiner Mutter am Telefon dachte, wurde er nun doch traurig. Sein Vater war vor Jahren, noch zu DDR-Zeiten, an einem Herzinfarkt gestorben. Schade, dass er diesen Tag nicht mehr miterleben durfte. Sein Sohn – Olympiasieger. Sie hatten kein besonders inniges Verhältnis gehabt. Aber immerhin hatte er ihn zum Schießen gebracht.

Was wohl der Lehrer aus der Unterstufe machte, der ihn gefördert hatte? Und seine Trainer aus der GST, jener Organisation innerhalb der DDR, die für die Sportförderung von Schützen zuständig war?

Nach der Wende, Flori war gerade vierzehn geworden, wurde Ansgar sein Trainer und Mentor. Ansgar arbeitete am Olympiastützpunkt Leipzig und war auf das junge Talent aufmerksam geworden, als er die Stadtmeisterschaft der Schüler locker gewonnen hatte. Ansgar hatte vom ersten Moment an ihn geglaubt.

Die Wettbewerbe wurden mit der Vereinigung der beiden deutschen Staaten bunter, die Konkurrenz größer. Nun war es möglich, auch im europäischen Westen zu Turnieren zu fahren. Schon allein die Ausflüge nach Westdeutschland und das Gespräch mit den Kollegen dort waren spannend gewesen.

Von vielen ostdeutschen Schützen hörte Flori allerdings, dass es an anderen Orten nicht so einfach weiterging wie bisher. Viele Schützenvereine mussten verkleinern oder schließen. Es fehlte schlicht die Finanzierung.

Am nächsten Morgen, dem 27. Juli, warteten immerhin vier Journalisten auf Flori, um ihm zu seiner Goldmedaille zu gratulieren und ein paar markige Sätze auf ihre Notizblöcke zu bekommen. Florian, der bisher nur selten Interviews gegeben hatte, gefiel das. Für seinen Geschmack hätten es ruhig ein paar mehr Gesprächspartner sein können.

Gerade, als er sich von dem letzten Journalisten verabschiedete, betrat ein wuchtiger Mann in Hemd und Jeans die Lobby. Sein korrekt kurz geschnittenes Haar umrahmte den kantigen Kopf. Er sah sich hektisch um. Sein angespannter Gesichtsausdruck verflüchtigte sich jedoch in dem Moment, in dem er Flori entdeckte. Mit eiligen Schritten kam er näher.

»Guten Tag, Herr Berthold!«, begann er die Unterhaltung auf Englisch und streckte Florian seine große Hand zur Begrüßung entgegen.

»Mein Name ist Walt Whitman, nicht verwandt oder verschwägert.« Er grinste, bemerkte dann aber, dass Florian seine Anspielung nicht verstand, und fügte hinzu: »Mit dem Autor. Walt Whitman. Na ja, egal.«

Walt machte eine wegwerfende Handbewegung.

»Wie ich sehe, sind Sie mit den Journalisten so weit durch. Ich bin CEO von *American Metal*. Wir vertreiben Gewehre und Munition für Sportschützen. Lassen Sie mich Ihnen zu Ihrem unglaublichen Erfolg herzlichst gratulieren und mindestens einen Kaffee spendieren, ja? Kommen Sie!«

Walt lächelte Florian verbindlich an und deutete mit einem Arm in Richtung einiger kleinerer Tische, die am Fenster des angrenzenden Frühstücks- und Barbereiches standen. Vor dem Fenster herrschte geschäftiges Treiben. Athleten aus aller Herren Länder befanden sich im strahlenden Sonnenschein auf dem Weg von oder zu den Sportstätten.

Flori nickte und setzte sich. Was würde nun kommen? Sollte dies sein erster Sponsor werden? Er knetete zur Beruhigung seine Hände unter dem Tisch, sodass Walt es nicht sehen konnte. Beinahe sofort erschien eine stämmige, dunkelhaarige Kellnerin, die sich sichtlich darüber freute, Kundschaft zu bekommen. Sie bestellten Kaffee.

»Ich muss schon sagen, das war wirklich eine unglaubliche Leistung, die Sie da gestern abgerufen haben. Alle Achtung! Ich meine, Sie waren ja gar nicht in der Spitzengruppe gesetzt gewesen. Aber wie Sie trotzdem die Nerven behalten haben und dann einfach Bam, Bam. Fantastisch!«

Bei den Schussgeräuschen stilisierte Walt, der für Floris Geschmack einen Tick zu schnell sprach, einen Gewehrschützen, der in die Luft schoss.

»Vielen Dank. Ja, da hat sich das Training endlich mal richtig ausgezahlt«, entgegnete Flori, der olympische Goldmedaillengewinner. Der Gedanke an das Wort allein gab Florian einen Schub Selbstvertrauen. Goldmedaille! Bei den Olympischen Spielen!

Bislang hatte er nie mit Sponsoren zu tun gehabt. Sollte sich das jetzt ändern? Ihm sollte es nur recht sein. Von irgendwas musste er schließlich auch leben. Sein Vertrag bei der Bundeswehr lief nach Atlanta aus.

»Wie soll ich sagen? Mir war schon klar, dass ich zu außergewöhnlichen Leistungen imstande bin«, versicherte Florian weiter. »Natürlich kommt es auch auf die Tagesform an, aber ich wusste, dass ich vorn mitspielen kann.«

»Und das ist es, wonach wir bei *American Metal* Ausschau halten. Gewinnertypen!«

Walt boxte Flori spielerisch gegen die Schulter.

Flori hatte den Eindruck, als hätte Walt solche Unterredungen schon häufiger geführt. Vermutlich folgte er im Wesentlichen immer dem gleichen Drehbuch.

»Ich will gar nicht lang drumherumreden«, setzte Walt hinzu, während die Kellnerin ihnen jeweils eine Tasse Kaffee servierte. »Wir würden Sie gern sponsern. Und ich würde dann mit Ihnen gemeinsam eine Tour durch unsere Läden machen. Gleich nach den Spielen. Was halten Sie davon?

Das wären in Summe sechs Wochen. Sie lernen die Vereinigten Staaten von einer ganz neuen Seite kennen. Und verdienen nebenbei 50.000 Dollar.«

Flori fühlte einen kurzen Adrenalinschub. Er erkannte eine Gelegenheit, wenn sie sich ihm bot. Und er war mehr als gewillt, danach zu greifen. Aber er wollte sich nicht zu billig verkaufen.

»Hm, das klingt interessant. Ich bräuchte natürlich eine detaillierte Aufstellung, was genau meine Pflichten durch das Sponsoring wären und wie diese Tour aussehen würde. Und für einen Goldjungen wie mich sollten Sie schon noch etwas tiefer in die Tasche greifen.«

»Natürlich, natürlich. Das habe ich alles bereits vorbereitet.«

Walt nahm ein paar Papiere aus seiner abgegriffenen Ledertasche.

»Ich dachte mir schon, dass Sie Ihren Wert genau kennen. Hier sehen Sie unser Angebot.«

Er legte zwei Blatt Papier auf den Tisch. Auf einem stand in dicken Lettern 55.000 Dollar.

»Anhand der Zahl sehen Sie hoffentlich auch, dass wir es ernst meinen. Überlegen Sie es sich. Ich für meinen Teil hätte absolut Lust darauf, diese kleine Tour gemeinsam mit Ihnen zu absolvieren!«

Walt reichte Florian die Hand. »Ach ja, hier noch meine Karte. Rufen Sie mich doch morgen früh an, damit wir gleich die Reisedetails besprechen können.«

Das war ein Mann, der Nägel mit Köpfen machte. Flori war beeindruckt. Dieser Walt hatte eine charismatische Art, der er sich schwerlich entziehen konnte. Er wusste, was er wollte, und er lud ihn ein, den Weg mit ihm zu gehen. Großartig! Er würde trotzdem erst mit Ansgar darüber sprechen.

***

Am Nachmittag besuchte Flori einige der anderen Diszi-
plinen. Aus professionellem Interesse hatte er sich den Wettbewerb im Dreistellungskampf angesehen. Dabei mussten
die Schützen aus 50 Metern Entfernung liegend, stehend
und kniend anlegen. Das Schießen war okay gewesen, hatte
ihn aber nicht sonderlich vom Hocker gerissen.

So machte er sich auf den Weg ins Olympiastadion, wo
das Finale im 100-Meter-Lauf der Damen auf dem Pro-
gramm stand. Izzy, das blaue Plüschmaskottchen der Spiele,
versuchte vor dem Einlass durch planloses Hopsen die Wartezeit an den Kassen zu verkürzen. Izzy bestand im Wesentlichen aus einem großen Grinsemund und Cartoonaugen.
Zwei Beine, zwei Arme. Fertig. Um sportlicher anzumuten,
hatten die Schöpfer dem Wesen noch schwebende Blitze
über den Augen spendiert. Aber es verfehlte seine Wirkung
nicht: Schon nach Kurzem hatte das Maskottchen fünf Kinder dazu animiert, mit ihm um die Wette zu hopsen. Um
Flori herum drängten sich überwiegend Familien. Ein Eis-
verkäufer mit umgehängter Kühltasche machte das Geschäft
seines Lebens. Zu Floris Freude dauerte es nicht lange, bis
er in das Innere des ovalen Stadions gelangte. Das heißt,
ganz oval war die Sportstätte nicht: Nach den Spielen war
sie für die Austragung von Baseballspielen vorgesehen und
hatte daher eine kleine Delle an einer Seite. Flori verstand
nicht allzu viel von Baseball. Die Form würde schon ihren
Sinn haben.

Flori kaufte sich einen Hotdog und eine Cola, dann ging
er zu seinem Platz. Das Stadion war zu etwa drei Vierteln
gefüllt. Er sah immer wieder Menschen mit Fahnen oder
Kleidung mit Wappen, wobei die meisten davon die US-
Farben trugen. Der dicke Mann neben ihm ächzte kurz, als

er zwei jungen Männern den Weg freigab. Zwei Reihen vor Flori versuchte eine Mutter ihre drei Kinder zu bändigen, die sich mit Popcorn bewarfen. Und halb rechts war eine kleine Delegation aus China angereist, die eifrig ihre Fähnchen schwenkten.

Dann war es so weit: Acht Läuferinnen begaben sich zu den Startblöcken. Zwei Russinnen, zwei Amerikanerinnen und jeweils eine Sprinterin aus Jamaika, Nigeria, Ukraine und Bachrain. Es würde, wenn Flori das Gespräch seines Sitznachbarn richtig verstanden hatte, ein Zweikampf zwischen der Jamaikanerin Merlene Ottey und der amerikanischen Weltmeisterin Gail Devers werden.

Die Sportlerinnen dehnten sich, hielten ihre Muskeln warm und startbereit.

Nach einigen Minuten gab der Wettkampfleiter das Zeichen, dass das Rennen beginnen könne.

Sechzehn bis zum Anschlag trainierte Beine sortierten sich in den Startblöcken. Hoch konzentriertes Schweigen legte sich über die Menge. Das ganze Stadion hielt die Luft an.

Der Startschuss knallte.

Die acht Sprinterinnen schossen nach vorn, als hinge ihr Leben davon ab. Nach den ersten 50 Metern kristallisierte sich ein leichter Vorsprung für Gail Devers heraus, aber das Rennen ging unglaublich schnell.

Merlene Ottey gab nun richtig Gas. Auch die zweite Amerikanerin im Feld, Gwen Torrence, legte zu.

Das Feld begann sich wieder zu schließen.

Und schon waren die 100 Meter gelaufen.

Es war hauchdünn!

Wer von den dreien hatte gewonnen?

Flori konnte es nicht sagen. Auch die Wettkampfrichter schienen unschlüssig.

Alle warteten. Gemurmel erhob sich im Stadion.

Nach endlos erscheinenden Minuten wurden die Zeiten verkündet: Merlene Ottey hatte exakt dieselbe Zeit wie Gail Devers!

Was hieß das? Irgendjemand musste doch gewinnen.

Endlich erschien auf der Anzeigetafel ein Name: Gold für Gail Devers! Im Stadion brach Jubel aus. Floris Sitznachbarn rissen die Arme in die Höhe, als hätten sie selbst den ersten Platz erlaufen. Auch Flori freute sich für die Amerikanerin. Ganz großer Sport! Solche Momente gab es nur bei Olympia.

Später in der Nacht fand Flori sich zusammen mit vielen anderen Zuschauern im Centennial Park ein. Dabei handelte es sich um eine der zentralen Anlagen des olympischen Dorfes. Große, kurz gehaltene Wiesen wurden von mehreren Gehwegen durchzogen. Seitlich begrenzten Laubbäume die Anlage und schützten sie vor dem Lärm der Autos. Auf einer mit roten Pflastersteinen befestigten Ebene entsprangen aus den fünf Ringen des olympischen Logos kleine Wasserfontänen. Rund um diesen Platz wehten die Fahnen der teilnehmenden Nationen auf hohen Stangen im Wind.

Hier kam jeder irgendwann einmal vorbei und so fanden tagsüber Sponsoren interessiertes Publikum und abends bot sich der Park für Konzerte an. Zum Abschluss des Wettkampftages war für heute ein Auftritt von *Jack Mack and the heart attack* angekündigt. Nicht, dass Flori je von dieser Band gehört hatte, aber es war kostenlos und eine laue Sommernacht.

Er ließ sich vom Strom der Menge tragen und kam auf dem Platz vor der kleinen Bühne an. Die Plattform war in hellem Weiß erleuchtet. Gelegentlich färbten rote und blaue Strahler die hohen, zu Türmen aufgeschichteten Lautsprecher und die dazwischen ruhig wippenden Musiker. Einzig der Sänger, der gerade einen neuen Song ankündigte, bewegte sich vom linken zum rechten Rand der Bühne. Neben Flori stand eine etwas ältere Frau mit ihrem vielleicht zehnjährigen Sohn.

»Der gehört aber schon ins Bett«, dachte er. Nun gut, Olympia war nicht alle Tage.

Plötzlich zuckte der Junge zusammen. Ein Lichtblitz. Ein lauter Knall am anderen Ende des Platzes. Eine Staubwolke stob von dort auf. Die Mutter schlang instinktiv ihre Arme um ihren Sohn. Beide duckten sich und sahen angsterfüllt in die Richtung, aus der das Krachen gekommen war.

Flori war ebenso verängstigt und verwirrt. Was war los? Er blickte sich um. Auf den ersten Blick konnte er niemanden in seiner Umgebung entdecken, der verletzt worden war.

Langsam löste sich die Menge aus der Schockstarre, nervöses Gemurmel durchbrach die Stille.

»Wir brauchen einen Arzt hier drüben!«, hörte er jemanden schreien. Die Luft roch nach Dreck und Schießpulver.

Es musste eine Explosion gewesen sein. Flori verharrte in seiner Anspannung. Die Mutter und ihr Sohn wussten nicht so recht, wohin. Neben ihnen bewegten sich zwei Männer in Richtung des Unglücksortes. Um zu helfen?

Der Großteil der Menge blieb unschlüssig.

»Und wenn gleich nochmal was hochgeht?«, überlegte Flori angsterfüllt.

Hektisch blickte er sich um und hielt nach verdächtigen Dingen Ausschau: ein Rucksack, ein Päckchen, irgendetwas. Seine Knie wurden weich.

»Scheiße, scheiße, scheiße.«

Er atmete tief durch. Erinnerte sich daran, wie er seine Nerven beim Schießen im Zaum hielt. Das wirkte.

Der erste klare Gedanke formierte sich: Er musste hier weg. Sofort.

Mit weit ausgreifenden Schritten entfernte Flori sich zügig von dem Platz. Es war besser, die Sicherheit seines winzigen Zimmers im olympischen Dorf aufzusuchen und durch die Nachrichtensendungen auf dem Laufenden zu bleiben, als hier der Gefahr einer weiteren Explosion ausgesetzt zu bleiben.

Zu dieser Einsicht schien nach und nach auch die Mehrheit der übrigen Konzertbesucher zu gelangen. Ein kleiner Exodus vollzog sich vom Ort des Geschehens. Mit besorgten Mienen, aber ansonsten ruhig bewegten sich die zahlreichen Männer und Frauen in Richtung der umliegenden Straßen. Eltern hatten ihre Kinder in den Arm genommen, um schneller voranzukommen. Ein älterer Mann schob eine ältere Frau im Rollstuhl. Flori war überrascht, wie ruhig es alles in allem geblieben war. Es war keine Massenpanik, kein Chaos ausgebrochen, Gott sei Dank.

Im Foyer des deutschen Gebäudes lief der Fernseher. Der Nachtportier der deutschen Delegation sah mit ernstem Blick dem Geschehen zu.

»Wie 1972 in München«, murmelte er.

Zurück in seinem Zimmer schloss Flori die Tür doppelt ab. Sollte es sich um einen politisch motivierten Anschlag handeln, wären sicher auch Athleten im Visier der Attentäter. Die dünne Tür würde zwar einem Versuch, gewaltsam Zutritt zu erlangen, nicht lange standhalten, aber es war besser als nichts. Abgesehen davon lag sein Zimmer im fünften Stock und die Eingänge ins olympische Dorf waren gut bewacht.

Er setzte sich auf sein Bett und schaltete den Fernseher ein. Seine Hände zitterten. Er war in Sicherheit, sagte er sich, dennoch raste sein Herz.

Atmen.

Ein. Aus.

Ein. Aus.

Langsam wich die Anspannung. Seine Augen füllten sich mit Flüssigkeit. Tränen quollen daraus hervor. Er konnte nicht mal genau sagen, ob aus Erleichterung, Trauer oder Bestürzung. Sein Körper reagierte einfach auf den Schock.

Flori schaltete den Fernseher ein. Ein Fernsehteam war bereits vor Ort und versuchte hektisch, sich einen Überblick über den Centennial Park zu verschaffen, aber es gab kaum Informationen. Augenzeugen beschrieben, wie sie die Explosion erlebt hatten. Rettungskräfte kümmerten sich um die Verletzten. Es hatte wohl Todesopfer gegeben.

Flori sah eine Weile zu, dann merkte er, wie müde und erschöpft er sich fühlte. Er schaltete den Fernseher ab und legte sich hin. Auf dem Nachttisch lag seine goldene Medaille.

»Was für zwei verrückte Tage«, dachte er. »Am einen bist du auf dem Gipfel deiner Karriere, am nächsten gehst du fast hops.«

Am nächsten Tag hatte sich die Nachrichtenlage etwas konkretisiert. Einem Wachmann, Richard Jewell, war die Bombe aufgefallen und er hatte durch sein schnelles Eingreifen vermutlich vielen Menschen das Leben gerettet.

Leider war die Evakuierung der Fundstelle nicht schnell genug erfolgt, sodass eine Frau getötet und über hundert Menschen verletzt worden waren. Eine weitere Person, ein türkischer Kameramann, starb durch einen Herzinfarkt. Es gab bislang keinen Hinweis auf den oder die Urheber der Attacke. Keine Forderungen, keine Bekenntnisse, gar nichts.

Wer machte so etwas? Und warum? Was bedeutete das für die allgemeine Sicherheit? Flori beschloss, zunächst kein Risiko einzugehen und sein Appartement so wenig wie möglich zu verlassen.

Er ging nur gelegentlich, wenn ihm die Decke auf den Kopf fiel, in die Lobby des Gebäudes, wo die fleißigen

Helfer des Nationalen Olympischen Komitees für einen möglichst reibungslosen Ablauf für alle deutschen Sportler sorgten. Hier wurden Trainingstermine koordiniert, Fahrer bereitgestellt und sich um so triviale Dinge wie die Wäsche gekümmert. Am schwarzen Brett fand Flori einen Zettel, wonach seine Mutter angerufen hatte. Sie hatte sich zweifelsohne Sorgen gemacht, als sie die Nachrichten gesehen hatte.

Er rief sie an und versicherte ihr, dass er in Sicherheit und gut versorgt sei. In Sicherheit war er. So ganz wohl fühlte er sich trotzdem nicht. Der aufgekratzten, eindeutig zu guten Laune der meisten Athleten war zu entnehmen, dass es ihnen ähnlich ging. Sie versuchten das Beste daraus zu machen. Dabei waren die engen Wohnverhältnisse in den vergleichsweise lieblosen Unterkünften auch vor der Explosion schon bedrückend genug gewesen. Flori verbrachte den Rest des Tages damit, mit ein paar anderen Sportlern Karten zu spielen. Das beruhigte und ließ die Zeit schnell vergehen.

Tags darauf wachte Flori auf, duschte, zog seinen Trainingsanzug an und ging die Treppe hinunter in die Lobby. Bernd, einer der beiden Köche der Delegation, begrüßte ihn.

»Na, Goldjunge? Was darf's zum Frühstück sein?«

»Rührei hätt ich gern, geht das?«

»Für dich immer«, entgegnete der Mann im weißen Kochhemd, drehte sich um und ging durch eine Schwingtür in die Küche.

Im Speiseraum war tatsächlich niemand anwesend. Das hatte Flori die letzten Tage nicht erlebt. Sonst hatte sich immer zumindest ein Athlet oder jemand aus der Delegation hier rumgetrieben.

Nach ein paar Minuten kam Bernd mit einem dampfenden Teller zurück.

»Lass es dir schmecken!«, sagte er.

»Danke! Gibt's eigentlich was Neues zum Anschlag?«

Bernd war die inoffizielle Nachrichtenagentur der Delegation.

»Nicht, dass ich wüsste. Aber die Polizeipräsenz ist deutlich erhöht. Langsam normalisiert sich wohl alles wieder. Scheint eine einmalige Sache gewesen zu sein.«

Bernds Gleichmut war bewundernswert. Andererseits musste sich Flori ebenfalls nicht unbedingt an öffentlichen Orten aufhalten. Er konnte sich also auch beruhigen.

Nach dem Frühstück beschloss er, endlich seinen Trainer wegen der Sponsorensache anzurufen. Er hatte aufgrund der Verwirrungen rund um den Anschlag bislang noch keinen Kopf dafür gehabt.

»Hey Ansgar, ich hab hier ein Angebot bekommen und wollte dich fragen, was du davon hältst«, eröffnete er das Gespräch geradeheraus.

»Geht's dir denn gut? Mit dem Anschlag und so? Deine Mutter hat mir schon gesagt, dass dir nichts zugestoßen ist. Aber ist wirklich alles okay?«

»Ja, es ist alles okay. Nett, dass du dir Sorgen machst. Wir werden hier wunderbar betreut. Die Sicherheitslage ist auch top«, versuchte er seinen Trainer zu beschwichtigen.

»Na gut. Ein Angebot, sagst du?«

Flori erklärte ihm, was ihm Walt vorgeschlagen hatte.

»Hmm, ich weiß nicht«, antwortete sein Trainer.

»Hältst du das nicht für eine super Sache?«

Ansgar schwieg für einige Sekunden.

»Nein, eigentlich nicht. Ich meine, du solltest dich lieber ordentlich auf die nächsten Wettbewerbe vorbereiten.«

Flori verzog den Mund. Nestelte am Kabel des Hörers.

»Einerseits hast du recht«, sagte er. »Andererseits, ich weiß nicht. Ich glaube, ich mach es. Es ist eine zu gute Gelegenheit.«

»Na ja, überleg's dir nochmal. Ich versteh's natürlich. Aber ich würd dir eher abraten.«

»Ich lass es mir durch den Kopf gehen.«

Er legte den Hörer auf die Aussparung im Apparat und dachte über Ansgars Worte nach. Dann entschied er sich.

»Ach, was soll's. Ich mach das.«

\*\*\*

»Auf geht's«, dachte Flori vergnügt, als er in das Taxi stieg, das ihn zum *American Metal*-Shop in Atlanta bringen sollte.

Während der Fahrt ging er seine kleine Rolle nochmals durch. Walter hatte ihn gut instruiert und er hatte nicht viel zu tun. Trotzdem war er nervös. Oder eher: Er fühlte das wohlige Kribbeln des Neuen in sich aufkommen.

Nach kurzer Fahrt bezahlte er den Taxifahrer und betrat die Lagerhalle, die den *American Metal*-Shop in Atlanta beherbergte. Es war eine eher billig anmutende Blechhalle, die zu Werbezwecken mit einem Camouflagemuster aus Grün- und Brauntönen bemalt worden war. Das blaue Logo der Firma hob sich gut lesbar davon ab.

Die Halle war bereits ordentlich gefüllt. Walt hatte etwa hundert Klappstühle vorbereitet, die fast komplett von Männern, aber auch von Frauen und Kindern besetzt waren.

Die kleine Band, die Walter engagiert hatte, gab gerade *Sweet home Alabama* zum Besten. Kam er zu spät? Flori wunderte sich, dass die Veranstaltung schon in vollem Gange war, aber Walt hatte ihn für zwei Uhr bestellt.

Als Nächstes stimmte die Band den Überhit des Sommers, *Macarena*, an. Bei den ersten Takten hopste eine Abordnung der Cheerleader der Atlanta Falcons auf die Bühne und wirbelte ihre Pompons durch die Luft. Die vier Mädels trugen kurze, schwarze Hotpants und rote, bauchfreie Oberteile. Ziemlich heiß, befand Flori.

Er begab sich zur Hinterseite der Bühne und hatte noch einige Momente, um sich die sitzenden Gäste genauer anzusehen. Es überraschte ihn, wie gemischt das Publikum ausfiel. In Deutschland interessierten sich sehr wenige Frauen für den Schießsport. Das schien hier anders zu sein. Auch die Anzahl der Kinder war erstaunlich hoch. Schießen schien hier wirklich eine Familienveranstaltung zu sein. Walt hatte sogar einen Clown organisiert, der in einer Ecke neben einer kleinen Hüpfburg seine Späße veranstaltete.

Als die Cheerleader unter tosendem Applaus die Bühne verließen, kehrte kurz Stille ein, bis Walter auf das Podium trat.

»Meine lieben Freunde des Schießsports«, begann er seine Rede. »Vor wenigen Wochen hatten wir in unserer wunderschönen Stadt Atlanta die Welt zu Gast. Ich kann mit Fug und Recht behaupten, dass diese Olympischen Spiele ein riesengroßer Erfolg waren. Es war wundervoll, all diesen Athleten bei ihren enormen Leistungen zuzusehen. Unglaublich! Darum möchte ich Sie zunächst um eine Runde Applaus für diesen fantastischen Wettbewerb bitten.«

Er machte eine Pause, während das Publikum ausgelassen jubelte.

»Aber ich habe Sie natürlich nicht hierhergebeten, um für einen vergangenen Wettbewerb zu klatschen«, setzte Walter hinzu, nachdem der Applaus abgeklungen war. »Es geht mir in allererster Linie um die Zukunft. Und ich bin froh, Ihnen hiermit die Zukunft von *American Metal* präsentieren zu können: den Gewinner der Goldmedaille im Skeet: Florian *Flobert* Berthold!«

Bei diesen Worten betrat Florian die Bühne. Er trug eine blaue Jeans, ein weißes Polo-Shirt und um den Hals – natürlich – die Goldmedaille. Ihr hatte er schließlich diesen Auftritt zu verdanken. Zur Begrüßung hob er beide Arme und verneigte sich in alle Richtungen, während das Publikum applaudierte.

»Hallo«, setzte er an. »Ich freue mich, heute hier sein zu dürfen. Und natürlich freue ich mich umso mehr, eine so tolle Firma wie *American Metal* repräsentieren zu dürfen.«

Wieder brandete Applaus auf. Florian holte eine kleine Pappschachtel aus seiner hinteren Hosentasche. Er öffnete die Packung und holte eine Patrone heraus. Präsentierte sie dem Publikum.

»Mit diesen Dingern könnt ihr praktisch gar nicht mehr daneben schießen!«

Damit war seine kleine Showeinlage auch schon beendet. Mehr hatte er gar nicht zu tun, außer den Rest der Veranstaltung irgendwo zu stehen und repräsentativ zu lächeln.

Das war wirklich leicht verdientes Geld.

Nachdem Walter die Präsentation des restlichen *American Metal*-Sortiments abgeschlossen hatte, verließen beide die Bühne wieder. Es drängte sich gleich darauf eine Traube Gratulanten um Flori und er wurde an einen Tisch bugsiert, um Autogrammkarten zu verteilen.

Eine halbe Stunde später war auch das erledigt. Nach und nach verließen die Gäste die Veranstaltung und Walt gesellte sich zu Flori.

»Na, das lief doch ganz ordentlich, oder nicht?«, begann er die Unterhaltung.

Flori nickte. »Ja, die Resonanz war positiv, würde ich sagen. Das war also die Blaupause für alle weiteren Veranstaltungen?«

»So hatten wir uns das gedacht, ja«, stimmte Walter zu. »Wenn du Verbesserungsvorschläge hast, nur zu. In der Vergangenheit sind wir mit diesem Format recht gut gefahren.«

Flori hatte keine. Für ihn war diese Vermarktungsgeschichte komplettes Neuland. Aber diese Tournee stellte eine gute Gelegenheit dar, etwas dazuzulernen.

***

Die kalte, flache Novemberlandschaft Nebraskas zog an Flori vorbei. Vereinzelt waren auf den frostigen, abgeernteten Feldern Schneehäufchen zu sehen, die der eisige Wind zusammengetragen hatte. Der Winter stand unweigerlich vor der Tür. Und das kontinentale Klima zeigte sich hier von seiner unerbittlichsten Seite.

Die Weite der Landschaft beeindruckte Flori. Es gab hier rein gar nichts. Nur flaches Land. Gelegentlich ein Ölbohrturm. Gelegentlich eine kleine Siedlung. Schnurgerade Straßen. Brachliegende Felder und Weiden.

Flori setzte an, Walt zu fragen, ob er die Umgebung auch als bedrückend empfand. Ob er sich hier ebenso klein und deplatziert fühlte. Aber er verkniff es sich.

Zum einen war Walt diese Landschaft sicher gewohnt, da er hier bestimmt schon öfter gewesen war. Zum anderen hatten sie sich zwar in den letzten Wochen besser kennengelernt, waren aber noch weit von einer Freundschaft entfernt. Wahrscheinlich würde sich auch keine innige Beziehung entwickeln.

Sie kamen gut zurecht, keine Frage, aber irgendwie konnte Flori keinen richtigen Zugang zu ihm finden. Es war alles eher unverbindlich, irgendwie und ungefähr.

Ja, Walt hatte ihm bei den gemeinsamen Abendessen von seiner Frau und seinen beiden Töchtern erzählt und ihm sogar Fotos gezeigt. Auch vom Hund Benji. Darüber hinaus wollte sich keine rechte Nähe einstellen. Aber das war auch in Ordnung so. Es tat der geschäftlichen Beziehung keinen Abbruch.

Flori überlegte, was er im Anschluss an die Tour, die in wenigen Wochen ihr Ende finden würde, tun sollte. Sein Vertrag bei der Bundeswehr war kurz nach Olympia ausgelaufen. Daher war das Angebot von *American Metal* gerade recht gekommen. Sollte er versuchen, in den Vereinigten Staaten zu bleiben? Das Leben hier gefiel ihm. Zumindest so weit er es bisher einschätzen konnte. Er würde Walt demnächst fragen, ob er nicht einen Job im Marketing für ihn hätte.

So fuhren sie in Walts Ford durch Nebraska. Der eine war aufs Fahren konzentriert, der andere auf seine eigenen Gedanken, das Betrachten der Landschaft. Und aus dem Radio vermeldete Sheryl Crow, dass jeder Tag eine gewundene Straße wäre. Dabei war hier nirgends auch nur ansatzweise eine Kurve zu erkennen.

Sie waren mittags in Kearney, einer kleinen Stadt im Buffalo County, angekommen, hatten ihre Hotelzimmer bezogen.

»Die Kampagne läuft prächtig«, erläuterte Walt beim Mittagessen. »Ich habe mir die Zahlen faxen lassen. In den Städten, in denen wir die Shops besucht haben, hat sich der Absatz teilweise verdoppelt. Natürlich nicht dauerhaft, aber wer einmal da war, der kommt wieder.«

Wieso auch immer. Da tickten die Menschen komisch. Er, Flori, hatte eine Goldmedaille gewonnen, sicher. Er hatte dafür aber keine *American Metal*-Munition verwendet. Jetzt ließ er sich von dieser Firma in ihren Filialen feiern, und die Menschen hofften, allein wegen seiner Anwesenheit und Ausstrahlung mit der Munition dieser Firma ins Schwarze zu treffen?

Ein absurder Gedanke, im Grunde genommen.

Er war doch nicht Jesus.

Eine Stunde später hatte Flori nach Ankündigung von Walt das anwesende Publikum wissen lassen, dass er sich wirklich außerordentlich freute, eine Partnerschaft mit *American Metal* eingegangen zu sein. Davon abgesehen, wer mit *American Metal* schoss, der konnte eigentlich nicht verfehlen.

Langsam wurde es etwas monoton und repetitiv, fand Flori. Aber gut, er bekam Geld dafür. Nicht gerade wenig Geld sogar. Außerdem waren sie sowieso bald mit den Auftritten durch. Wenn Walt nicht auf die Idee kam, dass sie das Ganze noch etwas verlängern sollten. Jetzt, wo es so gut lief.

Wie üblich saß Flori nach dem eigentlichen Show-Act an einem Tisch und gab Autogramme. Die Schlange der Gäste wurde zusehends kürzer. Allzu lange würde die Veranstaltung heute also nicht mehr dauern, und danach waren zwei freie Tage vorgesehen. Darauf freute er sich besonders. Endlich mal wieder ein paar Tage am Stück im selben Zimmer schlafen.

Ein älterer Mann mit dichtem, schlohweißem Haar trat an den Tisch und riss Flori aus seinen Gedanken.

»Könnten Sie mir einen Gefallen tun und mir eine Autogrammkarte für meine Tochter Jessy schreiben? Sie hat bei der Endrunde auf dem Schießplatz zugesehen und war total aus dem Häuschen, als Sie gewonnen haben. Sie hat uns sogar extra danach angerufen, ob wir das auch gesehen haben.«

Flori nickte.

»Aber natürlich. Für Jessy, haben Sie gesagt? Mit Y oder E am Ende?«

»Danke! Mit Y! Und könnten Sie noch ein *Gute Besserung* hinzufügen? Wissen Sie, sie liegt gerade im Krankenhaus.«

»Oh, ja, natürlich. Ich hoffe, es ist nichts Schlimmeres passiert?«, zeigte sich Flori betroffen, während er die guten Wünsche neben seiner schießenden Silhouette platzierte.

Auch eine seltsame Kombination. Gute Besserung – Peng.

Nun gesellte sich noch eine ältere Frau in feiner, dunkler Seidenbluse zu dem Mann.

»John, nun frag ihn doch!«, bedrängte sie ihn.

»Schon gut, schon gut«, murmelte er. »Außerdem wäre es eine große Ehre, wenn Sie«, er blickte zu seiner Frau, die ihn aufmunternd anblitzte, sprach aber weiter mit Flori, »unserer Tochter vielleicht sogar die Karte überreichen würden? Sie liegt hier im County Hospital.«

Flori überlegte kurz und entschied dann, dass es sich um eine nette Abwechslung handelte.

»Ja, gern«, antwortete er.

Am nächsten Tag stoppte der weißhaarige Mann, John Eisenman, seinen in die Jahre gekommenen, dunkelgrünen Lincoln Continental wie vereinbart vor dem Eingang des Holiday Inn und stieg aus dem Wagen. Flori wartete bereits in der Lobby, da es ihm in seinem Hotelzimmer zu langweilig geworden war. Er begrüßte Eisenman mit kräftigem Handschlag und einem hölzernen »How do you do?«.

Sein Englisch hatte sich nur leicht verbessert und er hatte immer noch Probleme, die Amerikaner mit ihrer undeutlichen Aussprache zu verstehen.

Auf der kurzen Fahrt zum Krankenhaus erklärte John, dass seine Tochter eines der Opfer des Bombenanschlags gewesen war.

»Wissen Sie, unsere Tochter hatte enormes Glück«, führte er aus.

»Sie hat sich nur das Bein gebrochen. Die Ärzte haben sie in Atlanta natürlich möglichst schnell wieder aus dem Hospital entlassen. Da wurde ja jedes Bett gebraucht.«

»Eine Schande ist das«, warf Mary Eisenman vom Beifahrersitz aus ein. »Man sollte diesen Wachmann wirklich einsperren.«

»Den, der die Bombe entdeckt hat? Wieso das denn?«, erkundigte sich Flori.

»Entdeckt – von wegen! Gelegt hat er sie«, echauffierte sich die ältere Dame weiter.

»Das ist doch unglaublich. Unzählige Menschenleben zu riskieren, nur damit man dann in den News als großer Held dasteht.«

»Mary, das ist nicht bewiesen«, berichtigte John sie. »Die Polizei will möglichst schnell einen Täter ausfindig machen, aber dass es tatsächlich dieser Jewell war, ist noch lange nicht klar.«

Mary zog für einen kurzen Moment einen Schmollmund. »Na ja, jedenfalls, unsere Jessy wurde also aus dem Krankenhaus entlassen. Mit einem Gipsbein. Aber so recht wollte die Schwellung nicht zurückgehen. Deswegen haben wir sie nach Hause geholt und hier nochmal ins Krankenhaus gebracht. Stellen Sie sich vor, was der Arzt gesagt hat: Das war absoluter Pfusch! Er musste das Bein nochmal operieren und alles in Ordnung bringen.«

»Und deshalb ist sie jetzt hier«, ergänzte John, während er den Wagen auf den Besucherparkplatz des großen, viereckigen Krankenhauskomplexes lenkte.

»Wie lange verfolgt Ihre Tochter die Skeet-Szene denn schon?«, wollte Flori auf dem Weg zum Krankenzimmer wissen.

»Ach, das tut sie gar nicht«, begann Mary Eisenman. »Sie hat sich einige Wettbewerbe bei den Olympischen Spielen ansehen können. Jessy arbeitet für Coca-Cola, müssen Sie wissen. Und da haben sie Freikarten für die Angestellten verteilt. Jessy war eher zufällig beim Skeet. Eine Kollegin wollte den Wettbewerb sehen. Aber sie war total hingerissen von der Dramatik und Ihrer Nervenstärke! Sie war total von den Socken.«

Daher kam also das Interesse. Flori war davon ausgegangen, dass Jessy ein eingefleischter Skeet-Fan war. Von Walt wusste Flori, dass Sportschützen in den USA durchaus mehr Zuneigung erfuhren, als das in Deutschland der Fall war. Das Land hatte schließlich eine ganz andere Waffenkultur. Große Popstars waren Schützen allerdings auch hierzulande nicht.

»Ich dachte einfach, es würde ihr eine Freude machen, wenn Sie ihr das Autogramm selbst geben, wissen Sie?«, ergänzte Mary, die die kleine Gruppe den mit Linoleum ausgelegten Gang entlanglotste.

Sie betraten einen zweckmäßigen Raum, nicht allzu groß. In der Mitte stand ein einzelnes Krankenbett, daneben ein Nachttisch. Es roch in diesem Raum etwas weniger nach Desinfektionsmittel als im Rest des Krankenhauses.

Im Bett lag eine junge Frau mit dunklen, etwas strähnigen Locken. Das eingegipste Bein war mithilfe eines Spanngurtes hoch gelagert. Ihre Nase war vielleicht eine Winzigkeit zu groß, aber ihre feinen, wohlproportionierten Gesichtszüge machten diesen geringfügigen Makel mehr als wett.

Jetzt erst fiel Flori ein, dass Blumen angebracht gewesen wären.

Verdammt!

Na ja, war nicht mehr zu ändern.

»Oh, hi, Mum, Dad«, begann Jessy. »Uff, ich sag's euch. Ich bin so froh, wenn ich aus diesem Krankenhaus rauskomme. Das ist einfach alles so nervig.«

Sie schien Flori noch nicht entdeckt zu haben.

Er stellte sich neben Jessys Eltern und reichte ihr die Hand.

»Guten Tag! Ich bin Florian Berthold. Ich habe die Goldmedaille im Skeet gewonnen.«

Das war im Wesentlichen die Formulierung, die Flori bei seinen Auftritten mit Walt verwendete. Sie erfüllte ihn trotz der vielen Wiederholungen in den letzten Wochen jedes Mal mit Stolz.

»Oh«, sagte Jessy und zupfte verlegen an der Bettdecke herum. Dann erst nahm sie seine Hand und erwiderte die Begrüßung. Es war Jessy sichtlich unangenehm, diese Begegnung in ungewaschenem Zustand und im Pyjama zu machen.

Sie sah ihre Mutter an. Blickte zu Flori.

Dann lächelte sie doch.

Flori lächelte zurück.

Sein Herz hüpfte.

Der Heizkörper gluckerte vergnügt.

***

Kurz vor Weihnachten landete Florians Flieger in Frankfurt. Von dort fuhr er mit der Bahn nach Leipzig, wo ihn seine Mutter zusammen mit seinem Trainer Ansgar am Bahnhof in Empfang nahm. Der große Held kehrte endlich nach Hause zurück. Der Sportausschuss der Stadt hatte zwischenzeitlich mehrfach angefragt, wann denn mit seiner Ankunft zu rechnen sei. Die Stadt wollte ihren, für den Moment prominenten, Sohn auch gebührend ehren.

»Vielen Dank.« Flori nahm den Blumenstrauß von den städtischen Beamten in Empfang. Er lächelte in die Kamera des lokalen Reporters, es blitzte dreimal, dann war der offizielle Teil des Termins auch schon wieder vorbei.

»Herzlichen Glückwunsch, Sohn! Ich kann's immer noch nicht fassen. Obwohl es jetzt schon Monate her ist«, begrüßte ihn seine Mutter und fiel ihm um den Hals. Sie strahlte. »Ich bin so stolz auf dich!«

Nachdem sie sich von ihm gelöst hatte, drückte Ansgar Flori einen zweiten, riesigen Blumenstrauß in die Hand.

»Mensch, Flori, du machst Sachen. In Zukunft begleite ich dich nicht mehr zu Wettkämpfen, wenn du dann gewinnst.« Er grinste.

Flori musste lachen. Die ganze Freude über den Triumph stieg wieder in ihm hoch. Es war einfach so großartig. Diese Geschichte war absolut unglaublich. Er, Florian Berthold, war als Schütze im olympischen Mittelfeld ausgezogen und hatte sich die goldene Medaille geholt. Einfach so. Zack, bumm. Noch dazu bei seinen ersten Olympischen Spielen.

»Oh Mann, ich sag's euch. Das war jetzt eine ganz schön aufregende Zeit«, sagte Flori, als er sich wieder beruhigt hatte.

»Das glaub ich dir sofort, mein Junge. Aber jetzt komm. Wir haben für mittags bei deinem Lieblingsitaliener reserviert, und du wirst vorher ja sicher noch duschen wollen.« Neckisch schnupperte seine viel kleinere Mutter an seinen Achseln. »Nötig hast du es.«

Beim Italiener wollte Flori schließlich die Bombe platzen lassen. Als die bestellten Pizzen dampfend vor ihnen standen, tastete er sich vorsichtig heran: »Also, Ansgar, du brauchst mich wahrscheinlich wirklich nicht mehr zu einem Wettkampf begleiten.«

Ansgar hörte auf zu kauen. »Was? Wieso? Willst du dir einen anderen Trainer suchen?«, wollte er wissen.

»Wieso sollte ich das tun? Du hast mir zu Gold verholfen.«

»Was dann?« Ansgar sah Flori mit einem forschenden Blick an.

»Ach, egal«, sagte er. »Guten Appetit!«

Sollte er es wirklich tun?

»Nein, jetzt sag«, bohrte der Trainer nach.

»Okay. Du brauchst mich nicht mehr zu begleiten, weil ich«, Flori stockte kurz, »keinen Wettkampf mehr bestreiten werde.«

Stille.

»Hast du dir das gut überlegt? Ich meine, ist das dein letztes Wort?«, setzte Floris Mutter an.

Er nickte zögernd. »Walt, mit dem ich die Tour gemacht habe, hat mir eine Stelle im Marketing angeboten. Ich bleibe erst mal noch für zwei Jahre Aushängeschild der Firma. Danach erinnert sich keiner mehr an mich. Aber ich kann dann im Marketing von *American Metal* bleiben. Realistisch betrachtet gewinne ich so was Großes nie wieder. Und man soll doch aufhören, wenn es am schönsten ist, nicht wahr?«

Ansgars Stirn warf Falten. Auch Floris Mutter machte ein nachdenkliches Gesicht.

»Ja, schon. Aber ich meine«, stöpselte Ansgar zusammen. »Ich dachte, dass das erst der Beginn deiner Karriere ist. Und nicht gleich das Ende.«

»Ist es doch. Nur eben nicht sportlich. Schau mal, nenn mir einen Sportschützen, der vom Schießen leben kann. Ich bin kein Boris Becker und Schießen ist und bleibt eine Randsportart. So realistisch muss man schon sein, finde ich. Und Walt bietet mir eine Chance.«

»Wenn du dir das so überlegt hast, ist es eine gute Sache, mein Junge.« Seine Mutter tätschelte Floris Hand. Sie hatte sich nie groß in seine Planungen eingemischt, ihn aber immer unterstützt.

Für Ansgar hingegen war das Thema nicht so einfach abgehakt. »Willst du's nicht noch einmal probieren? In zwei Monaten finden die deutschen Meisterschaften statt. Da könntest du ja wenigstens noch antreten.«

»Nein, Ansgar, so leid es mir tut. Der Entschluss ist endgültig.«

»Ach, Scheiße, Flori, was soll das?! Du kannst doch nicht einfach die ganzen Jahre wegwerfen!«

Mit einem dumpfen Schlag hämmerte Ansgar seine wuchtige Faust auf den Tisch, sprang auf, und ehe Flori oder seine Mutter etwas sagen konnten, war er aus dem Lokal hinausgestürmt.

»Uh, der hat das jetzt nicht so locker verkraftet«, durchbrach Flori die verblüffte Stille.

»Aber so gar nicht«, pflichtete seine Mutter bei.


Eine Woche später war von Ansgar immer noch nichts zu hören oder sehen gewesen. Flori hatte ihn zweimal angerufen und auf den Anrufbeantworter gesprochen, ohne sich zu entschuldigen. Wofür auch? Er musste nun mal an seine Zukunft denken, und die sah er nicht im Schießen, sondern vielmehr bei *American Metal*. Und er würde Jessy wiedersehen. Vielleicht konnte er mit ihr gemeinsam ein neues Kapitel aufschlagen?

»Wenn eine neue Tür aufgeht, geht manchmal auch eine andere zu«, verabschiedete sich seine Mutter von ihm, als der Zug nach Frankfurt auf dem Gleis einrollte.

»Du wirst deinen Weg machen, mein Junge.«

»Danke, Mama.«

Flori hievte seinen Koffer die Stufen in den weißen ICE hinauf. Er winkte seiner Mutter zu. Sie winkte zurück. Die Tür schloss sich. Der Zug fuhr ab.

# Spiegelöd

Der 7. Juni war einer der wenigen schönen, warmen Tage im insgesamt so verregneten und kalten Sommer 1996. Es war ein Samstag. Der elfjährige Oskar, Sohn der Wirtsfamilie des Gasthauses Salzsteig in Spiegelöd im Bayerischen Wald, zog sich die Turnschuhe an, um nach draußen zu gehen.

Trotz seines jungen Alters wurde er häufig im Wirtshaus eingespannt. Er stand dann hinter der Theke und zapfte Bier oder gab Limonade aus. Zumeist geschah das, wenn nicht allzu viel Betrieb herrschte und seine Eltern etwas Dringendes zu erledigen hatten. Aber heute wurde er nicht gebraucht.

Auf einer Wiese des Wirtshauses hatten seine Eltern einen kleinen Bolzplatz angelegt. Aus viereckigen Balken hatte Oskars Vater zwei Tore gezimmert und mit Netzen bespannt. Die Grünfläche war leicht abschüssig, aber trotzdem sowohl für die Dorfkinder als auch für Feriengäste eine großartige Sache.

Als Oskar zum Fußballplatz kam, war das Spiel schon in vollem Gange. Er reihte sich wie üblich bei einem der Teams ein. Praktischerweise hatten vor seiner Ankunft drei gegen vier gespielt, sodass sich seine Teamzugehörigkeit automatisch ergab. Von zwei Gästen des Wirtshauses abgesehen spielten ausnahmslos Kinder aus Spiegelöd. Nur ein Mädchen konnte er nicht zuordnen. Sie war gertenschlank, etwas größer als Oskar, und ihre zu einem Pferdeschwanz gebundenen, blonden Haare konnten kaum mit ihrem Tempo Schritt halten.

Im Vergleich zu den anderen Mädchen aus dem Dorf spielte sie richtig gut. Mit einer kleinen Körpertäuschung oder einem schnellen Übersteiger ging sie ein ums andere

Mal an Oskar und seinen Mitspielern vorbei und traf das Tor.

»Respekt«, sagte er zu ihr, als alle eine Trinkpause einlegten. »Du spielst gut!«

»Danke«, erwiderte sie knapp.

»Woher kommst du? Ich hab dich hier noch nie gesehen.«

»Ich bin Tatjana. Bin aus Russland. Bin erst diese Woche hier«, antwortete das Mädchen in gebrochenem Deutsch.

»Hallo Tatjana, ich bin Oskar.« Er gab ihr artig die Hand. »Schön, dich kennenzulernen.«

In der darauffolgenden Woche befand sich Tatjana in Oskars Grundschulklasse. Der Klassenlehrer stellte sie den Mitschülern vor und bat sie, ihr insbesondere beim Erlernen der deutschen Sprache zu helfen.

»Tatjana hat erst vor einigen Monaten erfahren, dass ihre Familie nach Deutschland zieht. Entsprechend wenig Zeit hatte sie, unsere Sprache zu lernen«, sagte er.

Dafür sprach sie schon ganz ordentlich, fand Oskar.

Er würde ihr weiter helfen, wenn er konnte. Sie war wirklich nett. Und wer hatte sonst schon ein Fußball spielendes Mädchen in seinem Freundeskreis?

Sechs Wochen später war ihre gemeinsame Schulzeit auch schon wieder vorbei. Die Sommerferien hatten begonnen. Oskar würde danach auf das Gymnasium wechseln. Tatjanas Sprachkenntnisse reichten dafür noch nicht aus. Sie würde künftig die Hauptschule besuchen. Entsprechend blickte Oskar den Schulferien etwas wehmütig entgegen. Er hatte sich bislang immer auf die freie Zeit gefreut. Was gab es Schöneres als einen Sommer, in dem man nichts tat, als zu baden, Fußball zu spielen und im Wald herumzutoben? Zumindest, solange er nicht gerade von seinen Eltern eingespannt wurde.

Doch die Aussicht, sich neben Tatjana auch von einigen anderen lieb gewonnenen Mitschülern verabschieden zu müssen, machte ihn traurig. Sie würden nach den Ferien auf die Hauptschule im Ort gehen. Auf ihn wartete hingegen täglich eine zwanzigminütige Busfahrt in die benachbarte Stadt.

»Familie, ich nehme an, ihr kennt Chris«, führte Oskars Schwester Simone ihren neuen Freund in die Familie ein. Sie waren für das wöchentliche Familienessen im Gasthaus zusammengekommen. Montags blieb die Küche für Gäste kalt, dafür nahm sich die Familie Zeit füreinander. An diesen Tagen spielten sie Karten, machten Ausflüge oder gingen schwimmen.

»Guten Tag«, begrüßte Oskars Vater den jungen Mann mit Handschlag. »Dann mal herzlich willkommen. Du arbeitest doch in der Raiffeisenbank, nicht?«

Der schmächtige Jugendliche nickte. »Ja, ich hab dieses Jahr ausgelernt.«

»Na prima, dann kannst du uns ja demnächst einen neuen Kredit geben«, scherzte der Vater.

Oskars Mutter gab ihrem Mann einen Klaps auf den Hinterkopf. »Geh, so ein Schmarrn«, widersprach sie lachend. »Von mir auch herzlich willkommen. Simone hat's ja ziemlich erwischt. Sie spricht seit Wochen nur noch von dir.«

Simone warf ihrer Mutter einen vernichtenden Blick zu.

Oskar grinste.

# 2003

## Spiegelöd

Oskar stand mit Tatjana vor dem Gasthaus seiner Eltern und wartete auf Hannes Wagner. Wagner war nicht nur ein alter Freund der Familie, sondern auch Oskars Biologielehrer am Gymnasium.

»Freust du dich auf den Ausflug?«, fragte Oskar Tatjana.

»Ja, sehr! Die Geschichten von Herrn Wagner finde ich immer super.«

Nach und nach trudelten die restlichen drei Teilnehmer, ältere Gäste der Pension, ein. Ein Ehepaar in farblich abgestimmten, hell- und dunkelbraunen Outdoorjacken und ein pensionierter Postbeamter, der auf seinem Kopf einen grünen Tirolerhut mit dunkler Kordel spazieren führte. Dazu hellbraune Knickerbocker und eine rote Weste.

Mit lautem Brummen näherte sich schließlich auch Wagners ockerfarbener VW-Bus und hielt direkt vor dem Grüppchen.

»Herzlich willkommen zu unserer kleinen Tour«, begrüßte der große, bärtige Mann die fünf Teilnehmer mit seiner tiefen Stimme, nachdem er aus dem Wagen gestiegen war. Er trug dunkelbraune Wanderstiefel aus Leder und eine Hose mit Seitentaschen. An seinem grünen T-Shirt hängende Birkenkätzchen zeugten von einem vorherigen Waldspaziergang.

»Wir fahren heute in das Kerngebiet des alten Nationalparks Bayerischer Wald. Wie ihr vielleicht mitbekommen habt, gab es vor ein paar Jahren eine viel diskutierte Erweiterung. Ich, als Ortsgruppenleiter des Bund Naturschutz, war, so viel kann ich verraten, für eine Ausweitung. Den Grund dafür hoffe ich euch mit diesem Ausflug näherbringen zu können. Wir haben hier wirklich ein Juwel.«

Nachdem alle im Bus untergebracht waren, startete Wagner den dumpf tönenden Dieselmotor seines Fahrzeugs wieder und scherte vom Parkplatz in die wenig befahrene Dorfstraße aus.

Oskar kannte die kurze Strecke in- und auswendig. Er begleitete die Touren, so oft er nicht im Wirtshaus gebraucht wurde – was bei einem Familienbetrieb zugegebenermaßen eher öfter der Fall war.

Die Wanderungen mit Hannes Wagner zogen ihn jedes Mal wieder in ihren Bann. So hatte er mit seinen siebzehn Jahren bereits alle wesentlichen Berggipfel der Region erkundet. Wobei der Begriff Berg natürlich relativ ist, in einer Region, in der es die höchste Erhebung – der Große Arber – auf wenig alpine 1455 Meter bringt. Minimal über der Baumgrenze. Trotzdem handelte es sich um eine reizvolle und abwechslungsreiche Landschaft.

»Was wir am Lusen gleich zu sehen bekommen, sieht auf den ersten Blick erschreckend aus«, führte Wagner aus, während sie das Dorf hinter sich ließen. »Der Wald dort war bereits durch den sauren Regen und die Industrieregionen weiter im Osten und Westen geschädigt. Nun hat ihm der Buchdrucker – so wird der Borkenkäfer hier genannt – den Garaus gemacht. So scheint es zumindest. Aber wir werden sehen, dass es sich dabei nur um einen Teil der Wahrheit handelt. Zum einen besteht das Ökosystem Wald nicht nur aus Bäumen, zum anderen wird sich hier ein viel gesünderes Biotop entwickeln können. Ohne Eingriffe des Menschen. Mit besserer Struktur. Weg von der Fichtenmonokultur, die unsere Vorfahren aus wirtschaftlichen Gründen angepflanzt haben.«

Die Strecke führte auf einer Hauptstraße durch den erwähnten dichten Nadelwald. Vereinzelt lagen hier bereits gefällte Bäume am Rand der Wirtschaftswege, die in das Gehölz hineinführten.

Der Wagen bog nach links ab und fuhr eine schmale Teerstraße bergauf. Am Aufgang einer Kurve öffnete sich der Wald. Wiesen mit dünnem, länglichem, büschelig wachsendem Gras umrahmten eine Ortschaft mit fünf Häusern. Auch der Blick auf das Ziel ihres Ausflugs wurde frei: die Steinkuppe des Lusen.

Umgeben von hunderten und tausenden toter Bäume. Als hätte ein Riese Zahnstocher in die Landschaft versenkt.

Der Anblick war, obwohl Oskar ihn nun schon oft gesehen hatte, gespenstisch. Es tat sich ein regelrechtes Schlachtfeld vor ihnen auf. Die toten Bäume ragten, zumeist zerbrochen, nur noch wenige Meter empor. Spitz. Mit geborstenen Ästen. Hellbraune Stämme mit zerfledderter Rinde.

»So muss es nach einem Atombombentest aussehen«, dachte Oskar.

Der Bus hielt auf dem Parkplatz, die Passagiere stiegen aus und die Pensionsgäste zückten ihre Kameras. Solch einen Anblick, so bedrückend er auch war, bekam man nicht alle Tage zu sehen.

Sie gingen vom Parkplatz aus zu einem breiten Forstweg. Hier standen die Bäume noch dicht, es wurde schlagartig ein paar Grad kühler. Die Luft roch rein, leicht moosig. Nach kurzer Zeit aber verschob sich das Verhältnis gesunder zu toter Bäume und die Umgebung bekam etwas wüstenartig Beklemmendes.

Auf der kurzen Wanderung über den geraden Sommerweg hin zum letzten Anstieg, der *Himmelsleiter*, bewegten sie sich immer weiter in das Totholzgebiet hinein.

»Wir hatten in den letzten Jahren regelmäßig schwere Stürme. Viele der Bäume, die hier so kreuz und quer liegen, sind dadurch umgestürzt. Außerdem waren die Sommer recht warm und lang. Optimale Bedingungen also für den Borkenkäfer«, erklärte Wagner und zeigte auf einen verwitternden Baumstumpf.

Aber er wurde auch nicht müde, immer wieder auf die tapferen, jungen Bäume und Sträucher hinzuweisen, die das vakante Gebiet besiedelten.

»Neben all der Verwüstung hat der Käfer hier mit seinen Ausscheidungen gleichzeitig einen wunderbaren Dünger hinterlassen«, erklärte der Naturschützer die positive Entwicklung. »Es war nicht damit zu rechnen, dass so schnell so viele junge Bäume nachwachsen, aber sie finden hier super Bedingungen vor. Kaum Konkurrenz um Licht und Nährstoffe, gedüngter Boden. Was will man mehr als heranwachsender Baum?«

Er musste bei den letzten Worten selbst lachen.

Angesichts der Zerstörung weckten die jungen Triebe tatsächlich Hoffnung, wenngleich Oskar die optimistische Einschätzung des Wanderführers nicht zur Gänze teilte. Es sah alles so kaputt aus. Und das über viele Quadratkilometer!

Nach einem beschwerlichen Schlussstück über eine mehrere hundert Meter lange Treppe aus großen Steinblöcken kamen sie schließlich keuchend auf dem Gipfel des Lusen an. Erschöpft suchte sich jeder einen Stein zur Rast, was angesichts der Menge an massiven Felsen kein Problem darstellte. Der Einzige, der nach wie vor vergnügt über die Granitquader hüpfte, war Hannes Wagner. Seiner Konstitution konnte auch dieser steile Schlussspurt nichts anhaben.

Oskar teilte seine mitgebrachten gekochten Eier mit Tatjana. Sie versorgte ihn dafür mit ein paar Stückchen Schokolade.

»Es ist so schön hier. So friedlich. Wie sich die sanften Hügel aneinanderdrängen. Auch wenn das mit den toten Bäumen schon echt komisch aussieht«, sagte sie in die Stille.

Oskar nickte. »Es ist wirklich schön.«

»Mit dir«, ergänzte er in Gedanken.

Oskar verließ zusammen mit den anderen Gästen den Bus und bedankte sich bei Hannes Wagner für den Ausflug.

»Kein Problem, das mach ich gern, weißt du ja«, winkte der ab.

»Na ja, eine Anerkennung schadet nie«, gab Oskar lachend zurück.

»Und du, willst du noch mit zum Essen reinkommen?«, wandte er sich danach an Tatjana.

»Klar, gern. Wenn's kein Problem ist?«

Gemeinsam betraten sie das große Gebäude durch den Haupteingang.

In der Gaststube saßen bereits Oskars Bruder Randy, seine Schwester Simone und seine Eltern.

»Und jetzt kommt's«, Randy war offenbar voll in Fahrt. Oskar kannte das bereits. So war er immer, wenn er eine neue Idee hatte. Die Neuankömmlinge grüßten in die Runde und setzten sich dazu.

»Also, im Internet gibt es ja alle möglichen Sachen zu kaufen. Auch Mondgrundstücke und so weiter. Und jetzt kommt meine ultimative Idee: englische Adelstitel.«

Er lehnte sich zufrieden zurück und ließ den übrigen Anwesenden Zeit, das Gehörte zu verarbeiten, als hätte er gerade die amerikanische Unabhängigkeit ausgerufen.

»Adelstitel. Englische. Aus England«, ergriff Simone als Erste das Wort. »Und wie soll das funktionieren? Wie kommst du überhaupt darauf?«

»Okay, ich erklär's euch. Das Ganze läuft folgendermaßen: Du kannst dir über meine Website einen englischen Adelstitel kaufen. Nur sind die Namen so absurd erfunden, dass, wenn mich einer wegen einer Fälschung verklagen will, das Gericht gar nicht anders kann, als mich freizusprechen. Also so was wie *Earl of Dork* oder *Duke of Testicles*. Das ist doch genial! Für jemanden, der kein Englisch spricht, hört sich das super an. Und wer Englisch kann, der findet's entweder witzig oder kauft die Titel sowieso nicht.« Randy strahlte. »Das ist mein absolutes Meisterstück!«

Oskar konnte sich ein Lachen nicht verkneifen. »Und du bekommst dann eine Urkunde, wo draufsteht, dass du der Graf von Trottel bist, oder wie?«, prustete er.

»Genau! Was sagt ihr? Das ist doch super!«, entgegnete Randy grinsend.

Das war zumindest mal eine der weniger illegalen Ideen. Und irgendwie fand Oskar sie tatsächlich lustig.

»Ach, wie sehr würde ich ihm mal eine wirklich gute Idee wünschen«, dachte Oskar.

»Sollen wir noch ein wenig an den See gehen?«, fragte Oskar nach dem Essen.

»Klar, warum nicht?«, antwortete Tatjana.

Oskar holte zwei Strohmatten und seinen tragbaren CD-Spieler aus dem Nebenraum.

»Und los geht's.«

Es war mittlerweile ein schöner Sommernachmittag geworden. Die Sonne schien blendend hell. Weit und breit kein einziges Wölkchen zu sehen.

Oskar und Tatjana umrundeten den See, der zum Gasthaus gehörte. Nach einer kurzen Passage durch den Wald kamen sie an ihrem liebsten Fleck an: einem kurzen Wiesenstück, eingerahmt von Bäumen und Büschen. Hier konnte man sich ungestört in die Sonne oder, dank der Bepflanzung, in den Schatten legen. Je nachdem, wie heiß es war.

Oskar breitete die beiden Strohmatten aus. Sie zogen die Schuhe aus. Setzten sich auf die Matten. Eine Biene summte von Löwenzahn zu Löwenzahn.

Als sie in ihre Richtung flog, verscheuchte Tatjana sie mit einer ruhigen Handbewegung.

Aus dem mitgebrachten Radio fragte Bob Marley, ob das Liebe sei, was er fühle.

»Was kann es Schöneres geben?«, fragte Oskar, während er seinen Oberkörper nach hinten fallen ließ und sich auf den Ellbogen abstützte.

»Ja! Herrlich.«

Am gegenüberliegenden Ufer sprangen zwei Jungen mit freudigem Johlen vom Holzsteg in den See. Ein lautes Platschen. Und noch eines. Sie versuchten vermutlich herauszufinden, wer die größere Wasserbombe zustande brachte.

»Wenn du dir irgendwas aussuchen könntest, als Beruf. Und als Ort. Was würdest du machen?«, fragte Oskar.

»Es müsste auf jeden Fall immer so warm sein wie jetzt. Das ist klar«, antwortete Tatjana sofort. »Und am Meer. Oder zumindest am Wasser.«

Oskar nickte. »Das wäre schön«, stimmte er zu.

»Vielleicht ein süßes Strandcafé oder so etwas. Mit Eis für die Kinder und Sandwiches für die Eltern. Snacks für zwischendurch. Das wär's. Weißt du, ich will gar nicht groß reich werden. Ich will nur ein schönes Leben.«

Sie blickten auf den See, in dem jetzt ein Schwimmer kraulte.

Das Piepen von Tatjanas Nokia durchbrach die Stille.

Sie zog das Gerät aus ihrer Stofftasche.

»Oh, Rudi will später noch was machen.«

Oskar kämpfte gegen Eifersucht und aufkeimende Aggression, als Tatjana mit verklärtem Lächeln eine SMS tippte. Wieso, verdammt nochmal, nahm sie ihn nicht wahr?

# Atlanta

Es klingelte an der Tür ihres Appartements. Flori betätigte den Öffner.

»Oh, das riecht aber gut. Was ist das? Spareribs?«, begrüßte ihn ein gedrungener, untersetzter Mann Mitte fünfzig: Hardy Fence. Augenblicklich verschwand Floris bislang latent vorhandene Eifersucht gegenüber dem Mann, den seine Frau so sehr verehrte. Ihr ehemaliger Chef war übergewichtig und trug zu seiner Glatze einen zu großen Anzug, aber er besaß auch wache Augen und ein sehr sympathisches Lächeln.

»Jetzt treffen wir uns also endlich mal, kommen Sie herein!«

Flori bugsierte den Besucher durch den engen Gang in den Wohn- und Essbereich. Durch einen Mauerdurchbruch sah Hardy Jessy in der Küche und reichte ihr die mitgebrachten Blumen.

»Hey, danke. Pünktlich wie immer. Setzt euch schon mal, die Spareribs sind gleich fertig.«

»Ah, dann hat meine Nase nicht getrogen!«, lobte sich Hardy selbst.

»Das war absolut richtig«, erwiderte Flori lachend.

Jessy stellte einen mächtigen Glaskrug mit selbst gemachtem Eistee auf dem Tisch ab und verschwand wieder in der Küche.

»Jessy hat schon so viel von Ihnen erzählt«, versuchte Flori ein Gespräch in Gang zu bringen.

»Nur Gutes, hoffe ich!«

»Selbstverständlich! Sie hat Sie in den höchsten Tönen gelobt. Ich habe sie selten so voller Bewunderung von jemandem sprechen hören.«

»Das freut mich. Das kann ich aber nur von ganzem Herzen zurückgeben. Sie haben eine wunderbare Frau geheiratet.«

Das Eis schien zu brechen.

»Na, habt ihr euch genug Honig ums Maul geschmiert?«, scherzte Jessy, als sie mit einem riesigen Teller voller Rippchen aus der Küche trat.

»Ganz sind wir noch nicht fertig. Geh nochmal in die Küche«, antwortete Flori grinsend.

»Oh, die sehen wirklich hervorragend aus, Jessy!« Hardy war bereits voll auf das Essen fixiert.

Jessy lächelte zufrieden, ging in die Küche und kam mit einer großen Schüssel Pommes zurück.

Unter Zuhilfenahme eines Löffels bugsierte sie die Kartoffelstäbchen auf Hardys, Floris und ihren eigenen Teller.

»Bei den Rips könnt ihr euch selbst bedienen. Guten Appetit!«

Alle drei füllten die Teller und begannen zu essen.

»Wie läuft's mit dem Hotel, Hardy?«, startete Jessy die Unterhaltung.

»Mit den Umbauten sind wir fertig. Demnächst können wir wieder eröffnen. Ich bin schon gespannt, wie das ankommt.« Er probierte ein Rippchen. »Die sind wirklich phantastisch! Ich brauche unbedingt das Rezept für die Marinade!«

Jessy nickte. »Geb ich dir gern. Es ist aber ein altes Familiengeheimrezept! Du darfst es nur an die Würdigsten der Würdigen weitergeben.«

»Ich werde es hüten wie meinen Augapfel! Versprochen.« Hardy hob zwei Finger zum Schwur.

»Na gut, dann werde ich es dir nachher abschreiben.« Jessy grinste.

»Ich bin übrigens kürzlich über ein weiteres interessantes Hotel gestolpert. Ein sehr gepflegtes Haus hier in Atlanta. Es steht ziemlich günstig zum Verkauf. Das Büro des Besitzers lag leider im World Trade Center. Seine Erben haben wohl nichts für die Hotellerie übrig und verkaufen das Ding, für meine Begriffe, zu einem sehr guten Preis. Ich bin mit meinem Hotel vollauf beschäftigt. Aber ich dachte, vielleicht wollt ihr ja in die Richtung gehen?«

Flori kaute an seinem Rippchen und blickte abwesend ins Leere.

Jessy horchte auf.

»Hm, das klingt interessant, oder was meinst du, Honey?«

Flori sah auf. »Prinzipiell schon. Aber ein Hotel?«

»Lass es uns doch mal ansehen, nicht?«

»Von mir aus, klar. Ansehen kostet ja nichts.«

Jessy drückte Floris Hand. »Sehr schön. Mehr will ich nicht.«

Hardy schenkte sich Eistee nach. »Dass die Polizei den Bomber von den Olympischen Spielen erwischt hat, hast du mitbekommen, oder?«, wechselte Hardy das Thema.

»Was? Nein! Wann? Diesen Eric Rudolph?« Jessy saß mit einem Mal gerade.

»Vor ein paar Tagen erst. Eine Streife hat ihn aufgegriffen. Der hat sich wohl nachts irgendwo an einem Supermarkt zu schaffen gemacht. Die Polizisten kamen zufällig vorbei und fanden das merkwürdig. Dann haben sie ihn angesprochen und gemerkt, wen sie da vor sich haben.«

»Unglaublich! Hat er sich zu dem Anschlag geäußert? Warum er das gemacht hat? Nur, weil er gegen Abtreibung ist?«

»Darüber habe ich jetzt nichts gehört. Aber das wird sich im Prozess hoffentlich rausstellen.«

»Dieses Schwein! Hoffentlich kommt er auf den Stuhl.« Jessys Stimme war laut geworden.

»Das macht die Toten auch nicht wieder lebendig, Jessy«, schaltete sich Flori jetzt ein.

»Nein, aber wieso soll dieser Abschaum weiterleben, wenn es andere seinetwegen nicht mehr können?«

Flori verzog das Gesicht. Diese Diskussion brachte nichts.

Hardy half aus, indem er erneut das Thema wechselte: »Habt ihr das Falcons Spiel am Wochenende gesehen?«

Nachdem Hardy gegangen war, räumte Flori den Tisch ab, während Jessy das Geschirr in der Spülmaschine anordnete.

»Was hältst du wirklich von dem Hotel?«, fragte er.

»Ich halte das für eine gute Idee. Wir sollten uns das zumindest ansehen. Die Branche ist interessant. Ich hätte schon Lust drauf. Du nicht?«

Flori überlegte einen Moment. Es wäre ein deutlicher Wechsel von seinem Marketingjob. Andererseits brauchte auch ein Hotel eine gute Vermarktung. Und bei *American Metal* war er schon länger nicht mehr glücklich. »Vielleicht hast du recht. Lass es uns mal anschauen.«

»Super! Dafür liebe ich dich! Du bist immer offen für Neues.«

Jessy wandte sich Flori zu und legte ihre Arme um seinen Hals.

Neigte ihren Kopf.

Stieß sachte mit ihrer Nase an seine.

Und küsste ihn.

*** 

»Du kotzt mich so an. Dein verdammtes Zögern. Seit wann hast du das? Hier bietet sich eine unglaublich gute

Gelegenheit. Und du willst sie einfach verstreichen lassen? Risiko? Welches verschissene Risiko, bitte? Florian *the Flobert* Berthold, Goldmedaillengewinner im Hose-Voll-Haben, oder was?«

Jessy war sauer. Offensichtlich. Seit ihrer Hochzeit vor drei Jahren im kleinen Kreise hatten sie sich bestens ergänzt und selten gestritten.

Nun aber waren sie zum ersten Mal fundamental gegensätzlicher Meinung. Und Flori zeigte sich, auch für sich selbst, überraschend zurückhaltend. Das finanzielle Risiko war in der Tat überschaubar. Selbst mit den pessimistischen Prognosen würden sie das Hotel in acht Jahren abbezahlt haben. Irgendetwas passte für Flori nicht. Er wusste nur nicht, was.

»Ich will mir das Ganze noch ein paar Tage durch den Kopf gehen lassen, okay? Wir sollten da nichts überstürzen. Wieso bist du überhaupt so sauer?«

Jessy stand vor ihm, beide Hände in die Hüften gestützt. Mit bebender Brust. Bereit, ihm weitere Beschimpfungen an den Kopf zu werfen. Ein zorniges, kleines Mädchen. So ganz ernst konnte er sie nicht nehmen.

»Wieso? Weil ich dich nicht wiedererkenne! Mein Ehemann – der Mann, mit dem ich die Ehe eingegangen bin – würde nicht eine Sekunde überlegen. Und dich muss ich zu diesem Banktermin prügeln. Wir haben das Konzept doch schon tausendmal durchgesprochen. Es passt perfekt zu dieser Anlage! Es fehlt nur noch die Unterschrift.«

Das Konzept war gut. Und Jessy sah keinerlei Probleme. Wenn er nur wüsste, was ihn so zögern ließ. Der Vorbesitzer hatte das Haus 1996 zu den Olympischen Spielen komplett renoviert und seither gut gepflegt. Es befand sich in hervorragendem baulichen Zustand und der Preis ging absolut in Ordnung.

Generell war es eine gute Zeit für Immobilien in Atlanta.

Die Stadt war gerade in den letzten Zügen damit beschäftigt, sich die Reste der Olympiade einzuverleiben. Die Spiele hatten der Stadt einen Aufschwung gebracht. Das Konzept der Stadtplaner, jedes neue Gebäude gleich für eine weitere Nutzung nach den Wettbewerben zu designen, ging vollends auf. Das Olympiastadion war längst verkleinert und dem örtlichen Baseball-Team übereignet worden. Auch die Schwimmhalle fand, verkleinert, mit der technischen Uni einen Abnehmer.

Hatten sie Ahnung von der Hotellerie? Nicht wirklich. Aber das ließ sich lernen. Hardy Fence hatte den Schritt ebenfalls ohne Branchenkenntnisse gemacht. Und obwohl die Geschäfte seit den Anschlägen 9/11 schlechter liefen, so war es aus seiner Sicht immer noch richtig gewesen. Er war happy und steckte Jessy, die in ihm einen Mentor sah, mit seiner Zuversicht an.

War das das Problem? War er nun doch eifersüchtig? Flori dachte darüber nach.

»Jessy, ich kann dir nicht sagen, was genau mich so stört. Ich fühle mich unwohl beim Gedanken an die Hotellerie. Andererseits, wieso sollten wir das nicht lernen können? Und die Hypothek ... Ich weiß nicht.«

»Ist das dein europäisches *Wir nehmen keine Hypothek auf, es könnte ja irgendwas passieren*-Ding? Hör mir mal zu. Für eine Unternehmung dieser Dimension brauchst du eine Hypothek. Willst du fünf Leben lang arbeiten, um endlich so viel Geld anzusparen, dass wir uns dieses Hotel kaufen können? Ich verrat dir was: Das funktioniert nicht. Ab einer gewissen Größenordnung ist das schlicht unmöglich. Investiere und zahl vom Gewinn das Investment ab. So geht das. Und nicht anders.« Jessy schnaubte.

In der Sache hatte sie recht. Aber ihre genervte Art, nach der er kritiklos ihre Meinung zu teilen hatte, ging wiederum Flori gehörig gegen den Strich.

»Pass auf. Gib mir wenigstens noch eine halbe Stunde. Ich will mir unsere Zahlen im Businessplan nochmal ansehen. Danach steige ich mit dir ins Auto und wir fahren zur Unterschrift. Ist das möglich?«

»Und wenn du nach der halben Stunde immer noch Zweifel hast? Was ist dann?«

»Ich dachte, du wärst so sehr von der Idee überzeugt? Wie sollte ich da noch Zweifel haben?«, entgegnete Flori ironisch.

Jessys Gesicht lief rot an. Sie öffnete den Mund und schloss ihn wieder, als Flori mit seiner Hand eine schließende Bewegung machte, doch das war eindeutig zu viel.

»Du Arschloch! Du verdammtes, egoistisches Arschloch!«

Flori stürmte aus dem Appartement.

Draußen hörte er, wie das Kissen, das sie nach ihm warf, an die Tür prallte.

Flori setzte sich hinter das Steuer seines BMW Cabrios, drehte *Easy livin* von Uriah Heep auf Anschlag und gab Gas.

Als er von seiner Spritztour zurückkehrte, hatten sich sowohl Jessy als auch er beruhigt.

Mittlerweile war Flori klar geworden, wieso er zögerte: Es war nicht die geschäftliche Möglichkeit, die sich auftat, es war Jessy. Ihre Art, andere Meinungen nicht zu akzeptieren, sondern genervt abzutun. Im täglichen Miteinander war das nicht so schlimm, da sie zumeist ohnehin einer Meinung waren. Aber konnte man darauf eine Geschäftsbeziehung aufbauen?

»Honey, lass uns deswegen nicht streiten, ja?«, begrüßte sie ihn und legte ihre Arme um seine Schultern. Jessy zupfte mit ihren Lippen sachte an seinen Ohrläppchen. »Und ein wenig Zeit haben wir jetzt auch noch, bis wir wirklich, wirklich fahren müssen. Was denkst du?«

Flugs hatten Floris Triebe die Kontrolle über sein Handeln übernommen. »Du hast recht. Und wie wollen wir die Zeit überbrücken? Hast du eine Idee?«

\*\*\*

Langsam, aber sicher wurde eine neue Handschrift erkennbar. Die Zimmer waren zuvor altbacken eingerichtet gewesen, mit wuchtigen Möbeln, die so gar nicht zur modernen Rezeption und Lounge gepasst hatten. Mithilfe einer begnadeten Innenarchitektin modernisierten Flori und Jessy die Optik der auf vier Stockwerken verteilten Räumlichkeiten. Hundertzwanzig massive Betten wurden durch helle, filigrane Holzgestelle ersetzt. Nachdrucke antiker Gemälde tauschten die Plätze mit großformatigen Fotografien, die die Straßen von Atlanta aus ungewöhnlichen Perspektiven zeigten. Die schweren, dunkelbraunen Vorhänge wichen hellgrünen Variationen ihrerselbst. Generell bestimmten jetzt dezente, fröhliche Grüntöne das Bild.

Die grundsätzliche Ausstattung der Zimmer, also Fernseher, Badarmaturen und Kühlschranke, konnte praktischerweise beibehalten werden. Auch der Pool auf dem Dach war noch top in Schuss. Einzig die weißen Plastikliegen hatten sie durch modernere Metallliegen ausgetauscht. Sie hatten gar nicht so viel verändern müssen, dennoch entstand eine ganz neue Atmosphäre. Genau das war ihr Ziel gewesen.

Die Gäste sollten nicht nur in einer Unterkunft schlafen. Ein Haus, in dem das Leben pulsierte, das sollte es werden. Sie würden immer weiter an Details feilen.

Um diesem neuen Anspruch gerecht zu werden, hatten sie auch den Namen des Hotels geändert: Anstatt des biederen, schwarz-weißen Schildes des *Atlanta City Hotels* verkündete nun ein geschwungener, roter Schriftzug, der an eine Leuchtreklame der 1930er-Jahre erinnerte, den neuen Namen: *The New Atlanta Hotel.*

Durch die Arbeit am Konzept und an den unzähligen Details war der Streit um die Hypothek zunächst vergessen, aber Flori merkte, dass sich etwas geändert hatte.

Die Unbeschwertheit in ihrem Umgang miteinander war dahin und sie verbrachten auch deutlich weniger Zeit miteinander. Lange Spaziergänge am Chattahoochee oder rund um den Little Kennesaw Mountain, wie sie sie zunächst häufig unternommen hatten, fanden praktisch nicht mehr statt, auch mangels Zeit. Flori war sich jedoch ziemlich sicher, dass sie diesen Aktivitäten auch nicht mehr nachgegangen wären, wenn sie beide genügend Freizeit gehabt hätten.

Ob Jessy das ebenso bemerkt hatte?

Wahrscheinlich. Frauen hatten für solche seismischen Aktivitäten im Beziehungsgeflecht häufig die besseren Detektoren. Bei Gelegenheit sollten sie vielleicht mal darüber sprechen.

Aber nicht heute, denn heute war der Tag der Neueröffnung!

Sogar die Bürgermeisterin hatte sich angekündigt.

Jessy hatte eine Dixieland-Kapelle organisiert. Sie liebte diese Musik. Ein paar Leute von der Bank, bei der sie die Hypothek aufgenommen hatten, wollten vorbeikommen und sogar Julian Nightingale, der Sohn des ehemaligen Eigentümers, würde anwesend sein.

Das war die eigentliche Überraschung, denn für die Abwicklung des Kaufs hatten Flori und Jessy nur mit einem Anwalt der Erben Kontakt gehabt. Julian hatte gerade geschäftlich in Atlanta zu tun und wohl früher bereits in dem Hotel gejobbt, sodass er die Gelegenheit nutzen wollte, sich von dem Haus zu verabschieden.

»Meine sehr verehrten Damen und Herren, vielen Dank, dass Sie trotz Ihrer sicherlich reichlich gefüllten Terminkalender den Weg zu unserer kleinen Einweihungsparty gefunden haben!« Flori hatte sich mittlerweile daran gewöhnt, vor Menschen zu sprechen. Sein nach wie vor erkennbarer, deutscher Akzent kam bei den Leuten zumeist gut an, erinnerte er sie doch an eine der großen Tugenden der Vereinigten Staaten: Hier konnte jeder sein Glück finden. Egal, woher man kam.

»Mein Dank gilt auch unserer neuen Bürgermeisterin, Shirley Franklin, die bestimmt schon den ein oder anderen Cent an Steuern für die Stadtkasse eingeplant hat.«

Nach einer kurzen Pause für das einsetzende Gelächter fuhr Florian fort: »Aber im Ernst. Wenn Frau Franklin uns nicht mit der *People's Bank* zusammengebracht hätte, wer weiß, ob wir heute hier stehen würden. Vielen Dank also!«

Nachdem Flori alle Honoratioren begrüßt hatte und einen kurzen Abriss über die Geschichte des Hauses gegeben hatte, schloss er mit den Worten: »Und nun lassen Sie uns auf eine großartige Zukunft anstoßen. Dieses Hotel hat bereits hundert Jahre lang Reisenden ein Obdach geboten. Hoffentlich werden es nochmal mindestens einhundert Jahre!«

Applaus. Sektflöten klirrten. Die Band setzte ein.


»Du warst hinreißend, Schatz!«, empfing Jessy ihren Ehemann. »Hinreißend. Und dieser Witz mit der Bürgermeisterin. Sensationell. Hardy hier war auch total von den Socken. Richtig, Hardy?«

Hardy nickte. »Eine sehr schöne Ansprache, wirklich. Der ganze Rahmen passt überhaupt sehr gut. Die Band ist klasse, die Häppchen sind super. Die neue Einrichtung gefällt mir ebenfalls. Das wirkt jetzt alles wie aus einem Guss. Das habt ihr echt großartig hingekriegt, gratuliere!«

»Danke, danke.« Flori lächelte zufrieden. »Was ist das, Jessy? Bist du tatsächlich rot geworden?«

Jessy lächelte verschämt. »Hardy ist normalerweise sehr sparsam mit Komplimenten. Das heißt dann schon was«, erklärte sie.

»Das habt ihr euch auf alle Fälle verdient. Gute Arbeit muss man auch mal loben«, bestätigte Hardy.

Jessy berichtete gerade, wie sie auf die Band aufmerksam geworden war, da tippte ein junger Mann Flori auf die Schulter. Er drehte sich um und fragte den Mann, wie er ihm weiterhelfen könne. Dieser stellte sich als Julian Nightingale vor.

»Oh, Sie sind also der große Unbekannte!«, wandte sich Flori an den Mann, der gerade erst die 30 überschritten haben mochte. Julian Nightingale hatte zurückgegelte, dunkle Haare und trug einen schlecht sitzenden, etwas abgetragenen, dunkelblauen Anzug. Er erinnerte Flori ein wenig an Freddy Mercury, den Sänger von Queen.

»So unbekannt nun auch wieder nicht«, ließ er von unterhalb seines buschigen, schwarzen Schnauzers, der seine Lippen fast komplett verdeckte, hören.

Er grinste Flori keck an.

»Es freut uns sehr, dass Sie es einrichten konnten, Herr Nightingale. Wir hatten nicht mehr damit gerechnet, die Vorbesitzer kennenzulernen«, erwiderte Flori freudig.

»Wissen Sie, mein Bruder und ich – ach, was soll ich groß drumherumreden? Ich für meinen Teil bin gerade nicht so gut bei Kasse. Und mein lieber Herr Bruder will am liebsten nichts mit mir zu tun haben. Darum wollte er, dass das Ganze möglichst schnell über die Bühne geht. Sonst hätte er sich am Ende noch häufiger mit mir treffen müssen.«

Das war nun wirklich eine Überraschung. Jessy und Flori waren davon ausgegangen, dass es sich bei den Erben des Investors Nightingale um Geschäftsmänner handelte, die sich nicht mit einem Hotel befassen wollten. Und das auch nicht nötig hatten. Aber das galt wohl nur für einen der beiden Brüder.

»Meine Frau sagte, Sie haben früher einmal hier im Haus gearbeitet, richtig?«, fragte Flori, der bislang davon ausgegangen war, dass Julian das Management übernommen hatte.

»Dad hat mich hier mal einen Sommer über als Nachtportier arbeiten lassen. Wissen Sie, ich hab's in Atlanta nochmal mit dem College probiert, aber das war nichts für mich. Das ganze Ding mit Büchern und so. Ist nicht so meins. Ich verfolge mehr die Devise *Learning by Doing*. Ganz amerikanisch«, fügte er mit einem verschmitzten Grinsen hinzu.

»Gut, gut.« Flori war aus dem Konzept gebracht worden. Seine Vorstellung stimmte so gar nicht mit dem tatsächlichen Julian überein.

»Na, wie auch immer. Schön, dass Sie's einrichten konnten! Wir freuen uns, wenn Sie unser Gast sind und uns vielleicht ein wenig von der bewegten Geschichte des Hauses erzählen können«, half ihm Jessy aus der Bredouille.

»Immer doch, immer doch«, entgegnete Julian. »Aber zuerst sollten wir anstoßen!«, setzte er hinzu und verschwand gierigen Blickes in Richtung Sektpyramide.

Jessy, Flori und Hardy blickten sich ratlos an, bis sie vom Getümmel der Party verschluckt wurden.

Flori und Jessy, die im Hotel übernachtet hatten, frühstückten am nächsten Morgen im *New Atlanta* gemeinsam mit Hardy, der nochmals vorbeigekommen war.

»Habt ihr diesen Nightingale nochmal gesehen? Hat er hier übernachtet?«, fragte Hardy gerade, als Julian Nightingale ebenfalls in den Frühstücksraum spazierte.

»Hallo beisammen«, grüßte er. »Stört es euch, wenn ich mich zu euch setze?«

Flori konnte sich nicht erinnern, dass sie schon zum Du übergegangen waren. Aber er beschloss, es zu ignorieren. Außerdem fragte er sich, ob Julian mit der Gelfrisur geschlafen hatte oder ob er seine Haare schon wieder in ihre festsitzende Form gebracht hatte. Irgendwie stand dieses strenge Detail seines Äußeren in starkem Kontrast zu seiner lebendigen Art. Julian Nightingale machte nicht den Eindruck, in seinem Leben besonders starren Regeln unterworfen zu sein. Nein, ganz bestimmt nicht.

»Platz ist in der kleinsten Hütte«, entgegnete Flori und schob den Stuhl neben sich nach hinten.

Sie hatten das Hotel für die Umbauten zwei Wochen schließen müssen, sodass der Betrieb erst langsam wieder anlaufen musste. Der Frühstücksraum war entsprechend leer.

»Wow, was für eine Party. So was wäre meinem Dad nie eingefallen«, setzte Julian an, während er sich ein Croissant aus einem Körbchen fischte. »Er war einfach nicht der Typ für so was. Mehr so der biedere Geschäftsmann, nicht wahr.«

Julian stand nochmals auf, um sich mit Butter, Honig und Kaffee zu versorgen. »Ich fände das Frühstück übrigens noch besser, wenn man gebratenen Bacon haben könnte. Das fehlt wirklich. Das wäre richtig gut. Nur so als Anregung.«

Er setzte sich wieder. »Ich hätte überhaupt ein paar nette Ideen. Hatte ich auch früher schon. Aber mein Dad war da recht eingefahren. Er meinte, er wisse schon, was er zu tun habe. Na ja. Finanziell scheint's ja auch gut gelaufen zu sein. Bis dann ...« Nightingale imitierte mit beiden Händen einen Flieger, der in ein Hochhaus rauscht. »Rumms.«

Es verwunderte Flori, wie schnell der Mann mit dem Verlust seines Vaters fertig geworden zu sein schien. Allzu innig konnte ihr Verhältnis nicht gewesen sein. »Ihnen ist aber klar, dass das hier kein Partyhotel ist und wir das nicht jeden Abend machen, oder?«, erklärte Flori.

»Aber wieso eigentlich nicht? Ich meine, zumindest einen Barpianisten und ab und zu eine kleine Combo. Das fällt doch finanziell kaum ins Gewicht. Und es macht den Aufenthalt so viel angenehmer. Denkt mal drüber nach«, referierte Julian. »Nur so als Anstoß. Als Idee.« Er machte eine Kunstpause. »Davon abgesehen«, fuhr er fort, sein Marmeladencroissant kauend, »wollte ich fragen, ob ihr beim Personal noch Bedarf habt. Es ist nämlich so, dass ich gerade auf der Suche bin.«

»Vielleicht können wir für die Rezeption jemanden einstellen, was meinst du?«, fragte Jessy Flori.

Florian, der wenig Ahnung von der benötigten Personaldecke eines Hotels hatte, nickte. Was konnte es schon schaden? Flori war sich sicher, dass ein bunter Vogel wie Julian Nightingale sowieso nach ein paar Monaten weiterziehen würde. Auf seine eigene Art fand er ihn sympathisch. Wenngleich es sicher zuverlässigere Arbeitnehmer gab.

# 2009

## Atlanta

Den Jahreswechsel 2008/2009 verbrachten Jessy und Flori in ihrem ersten Hotel, dem *New Atlanta*. Sie hatten in den letzten Jahren gemeinsam mit Hardy Fence zwei weitere Hotels übernommen. Eines in Omaha, Nebraska, und eines in New Orleans. Die neuen Häuser liefen schleppend an, aber zumindest das New Atlanta hatte eine hervorragende Auslastung vorzuweisen.

Dabei hatte sich ausgerechnet Julian Nightingale besonders um die Gäste verdient gemacht. Er war, anders als von Flori prognostiziert, nicht nach wenigen Monaten wieder abgezogen. Nach einem halben Jahr an der Rezeption des Hotels hatte sich Jessy für ihn eingesetzt und Flori davon überzeugt, dass er eine Position im Management verdient hatte. Es schien ihm richtig Spaß zu machen, sich um die kleinen und größeren Details des Hotels zu kümmern. Gemeinsam mit der Innenarchitektin, die sie auch für die beiden anderen Häuser angeheuert hatten, entwarf er einen neuen Look für die öffentlichen und privaten Bereiche des *New Atlanta*. Durch seinen Einsatz wurde das Haus richtig lebendig. Flori hatte ihm anfangs eine solche Rolle nicht zugetraut, musste aber eingestehen, dass er sich in Julian getäuscht hatte.

Und die Gäste liebten ihn.

»Na, habt ihr Silvester gut überstanden?«, begrüßte Hardy seine Geschäftspartner, als Jessy und Flori den Besprechungsraum im Obergeschoss des Hotels betraten. Hardy und Julian saßen bereits an dem ovalen Tisch und sahen sich eine Grafik an, die der Beamer auf die weiße Wand projizierte.

»Wir haben ganz beschaulich gefeiert«, entgegnete Flori. »Wie war es bei euch?«

Julian hob seine Hand zum Mund und imitierte einen Trinker. Das war wirklich seine große Schwäche, befand Flori.

»Ich war um 10 im Bett.« Hardy grinste. »Aus dem Partyalter bin ich raus.«

»Wer nicht?«, stimmte Flori ein. »Aber gut. Neues Jahr, neues Glück, nicht wahr?«

Jessy und Flori setzten sich.

»Was seht ihr euch da an?«, fragte er und deutete auf die projizierten Kurven.

»Das sind die Übernachtungszahlen seit September letzten Jahres, gestaffelt nach Hotel.« Hardy deutete auf die grüne, blaue und gelbe Linie an der Wand.

Alle drei Linien fielen steil nach unten ab.

»Die Bankenkrise, hm?«, fragte Jessy.

Hardy nickte. »Hier haben wir noch den Vergleich zum Vorjahr.« Er tippte auf den Laptop, das Bild wechselte. Während im Vorjahr die Auslastung der Zimmer stabil bei 55% gelegen hatte, dümpelte sie nun insgesamt um die 30% herum. So ließen sich auf Dauer die Hotels nicht profitabel bewirtschaften. Sie hatten zwar Rücklagen, aber die würden nicht ewig reichen.

»Und hier ist es noch aufgeschlüsselt nach Geschäftsreisenden und privaten Übernachtungen.«

Das Ausbleiben der Businesskunden verursachte also das Problem. Der Rückgang bei Touristen fiel nicht so sehr ins Gewicht. Allerdings lebten ihre Hotels nun mal auch von Handelsreisenden.

Seit am 15. September des Vorjahres die Bank *Lehman Brothers* zusammengeklappt war, fiel die entsprechende

Kurve steil ab und zog damit die Gesamtauslastung nach unten.

»Mist«, merkte Flori knapp an. Er massierte nervös seine Handgelenke. »Können wir irgendwas tun? Runter mit den Preisen?«

»Wäre eine Idee«, stimmte Julian zu.

»Was Besseres fällt mir auch nicht ein«, sagte Jessy, nicht ohne Julian einen Moment anzulächeln. Einen Moment zu lange?

»Oder wir schwenken mehr auf Privatgäste um«, warf Hardy in den Raum.

Eine Weile zerbrachen sie sich die Köpfe. Am Ende hatten sie eine Liste mit Möglichkeiten, wie sie die Auslastung der jeweiligen Häuser zu erhöhen gedachten. Flori war halbwegs zufrieden damit. Die anderen drei blickten auch etwas gelöster drein.

»Kommen wir zum zweiten Punkt«, begann Hardy nach einer kurzen Pause. »*Grand Hospitality*. Ich kann euch erläutern, wo wir stehen.«

Sie hatten beschlossen, ihre gemeinsamen Projekte unter einem gemeinsamen Firmenkonstrukt zu vereinen. Ein Immobilienunternehmen mit vier Hotels hätte es leichter, neue Kredite für weitere Standorte zu bekommen. Wobei daran zur Zeit weniger zu denken war. Die Banken waren damit beschäftigt, nicht selbst hopszugehen. Aber für die Zukunft war es auf jeden Fall ein sinnvoller Schritt, fand Flori.

»Ich habe vorhin nochmal mit dem Anwalt telefoniert. Er meint, die finale Vertragsversion müsste in zwei Wochen unterschriftsreif sein«, führte Hardy aus.

Zumindest das waren gute Nachrichten.

\*\*\*

Der grüne Chattahoochee floss gemächlich in seinem bewaldeten Flussbett vorüber. Jessy und Flori hatten es sich auf einer massiven Schieferplatte bequem gemacht, die an seinem Ufer zum Verweilen einlud. Der Himmel war leicht bewölkt, was angesichts des heißen Wetters der letzten Tage eine angenehme Erfrischung erzeugte. Die vom Fluss aufsteigende Kühle tat ihr Übriges. Am Rand des großen Steins landete eine hellblau schimmernde Libelle und beobachtete sie neugierig.

»Wir machen das wirklich viel zu selten, Jessy.«

»Ich weiß. Aber du bist ja nur im Büro. Oder auf Conventions.«

Die Schärfe in Jessys Stimme überraschte Flori. Gab sie ihm die Schuld?

»Dann hol mich doch einfach aus dem Büro ab, ja? Oder pack mich mit ein, wenn du gehst.« Flori lächelte sie an.

»Hab ich das nicht schon hundert Mal versucht?«

»Stop. Stop. Stop. Wie lang willst du mir noch vorwerfen, dass ich zu dieser Messe nach Miami gefahren bin? Und hat danach nicht Coca-Cola ein Kontingent bei uns geordert? Falls es dir nicht aufgefallen ist, der Laden läuft nicht von allein. Man muss schon was dafür tun.«

»Man kann doch auch arbeiten und ein Leben haben. Wie Julian zum Beispiel. Der kriegt das gut hin.«

»Julian? Soll ich dir sagen, was der gut hinkriegt? Eine Flasche leeren. Das kann der richtig gut!«, erwiderte Flori angefressen. Vor einer Minute war er mit sich und der Welt im Reinen gewesen. Mit einer solchen Wendung hatte er nicht gerechnet.

»Der lebt wenigstens! Julian hat Feuer! Er genießt sein Leben. Nicht wie du.« Die letzten Worte hatte Jessy geradezu gebellt.

Flori setzte sich auf. Er starrte sie an. Biss die Zähne aufeinander. Kniff die Augen zusammen. Das war nun wirklich zu viel.

»So ist das also?«

»Was?«, erwiderte sie.

»Da läuft doch was!«

»Mit Julian? Mach dich nicht lächerlich.« Jessy blickte demonstrativ zur Seite. »Quatsch.«

»Gib's wenigstens zu!«

Jessy blickte immer noch starr auf den Fluss, auf dem sich jetzt hinter einem wuchtigen Felsen ein kleiner Strudel bildete.

»Das ist Blödsinn. Das weißt du genau«, sagte sie schließlich, ohne Flori anzusehen.

»Ist es das? Weiß ich das?«

»Ja.«

»Ja, ich weiß das? Oder ja, da läuft was?«

»Ja«, antwortete sie kurz.

Flori schnaubte. »Das ist doch das Letzte!« Er stand auf und verließ den Felsen. »Du bist doch das Letzte!«, rief er ihr im Gehen zu.

# Spiegelöd

Es gab kein Absperrband. Nur einige orange-weiß ge-streifte Pylonen verengten den Verkehr auf der viel befahre-nen Bundesstraße. Der ehemals repräsentative BMW hatte sich um eine Linde gewickelt und war völlig deformiert.

Der Rettungswagen war unverrichteter Dinge abgezogen, für die Sanitäter hatte es hier nichts mehr zu tun gegeben. Das hatte sich bereits abgezeichnet. Die dunkelblaue Limou-sine war mit solcher Wucht gegen den Baum gekracht, dass die beiden Insassen ihr Leben innerhalb einer Millisekunde verloren. Zeitabstände, die sonst nur im Hochleistungssport ein Leben so nachhaltig veränderten.

Oskar war erst jetzt zur Unfallstelle gekommen. Er war von einem Kollegen der Feuerwehr verständigt worden. »Du solltest da hinfahren«, hatte der gesagt, aber Oskar war sich nicht sicher, ob das eine gute Idee gewesen war. Schließlich war dies der Wagen seiner Eltern. Eindrücke, die man ein Leben lang nicht mehr vergisst.

Seine Gedanken schwirrten in irrsinnigem Tempo und ohne Sinn und erkennbare Richtung durch seinen Schädel. Was war passiert? Wieso war sein Vater von der Fahrbahn abgekommen? Und seine Mutter? Sie sollte doch eigent-lich gerade im Gasthaus sein! Wieso fuhren die Sanitäter wieder? Und die Feuerwehr?

»Bitte bleiben Sie hier nicht stehen, Sie behindern die Rettungskräfte«, sprach ihn eine Polizistin in blauer Uni-form an.

»Das«, Oskar schluckte und machte mit dem Arm eine unbestimmte Bewegung Richtung Unfallort, »ist das Auto meiner Eltern. Was ist passiert? Wie geht es ihnen?«

Obwohl er die letzte Frage im Grunde nicht zu stellen brauchte, tat er es doch. Vielleicht täuschte der erste Ein-druck? Vielleicht war nur der Wagen Schrott? Es hatte schon die irrsten Sachen gegeben. Auto Totalschaden, Fahrer wohlauf.

Die Polizistin griff Oskars Schultern und dirigierte ihn zum Einsatzwagen.

»Setzen Sie sich. Warten Sie einen Moment. Atmen Sie durch.«

Die Polizistin schien sich daran zu erinnern, was sie in der Ausbildung gelernt hatte. Insbesondere über das Überbringen schlechter Nachrichten.


»Wie geht's dir?«, erkundigte sich Tatjana. Sie war in die Wirtsstube gekommen, um Oskar zu besuchen.

Er deutete lediglich auf ein halb gefülltes Glas Rotwein. »Willst du auch was?«

Tatjana nickte. Sie blickte Oskar sorgenvoll an.

»Ach, Mann. Kann ich irgendwas für dich tun?«

Seit dem Unfall seiner Eltern waren gerade einmal zwei Monate vergangen. Langsam stellte sich wieder so etwas wie Alltag ein. Ein schmerzhafter Alltag allerdings.

»Es ist in Ordnung. Sepp und Edeltraut sind wahre Engel. Mit ihrer Hilfe läuft's schon so halbwegs.«

»Dein Onkel und deine Tante? Das ist gut.«

Oskar nickte. »Dass du hier bist, reicht schon. Wie läuft's bei dir?«

»Super«, erwiderte sie. Ihr Gesicht hellte sich auf. »Ich hab die Aufnahmeprüfung für die Sportschule geschafft!«

»In München? Echt? Cool, gratuliere!«

Das wäre genau das Richtige für sie. Tatjana konnte sich erst still hinsetzen, wenn sie sich komplett ausgepowert hatte. Oskar verspürte einen minimalen Anflug von Freude. Das Leben ging weiter. Zumindest um ihn herum. Er selbst befand sich unter einem erdrückenden Berg aus Trauer, der jede Veränderung unmöglich erscheinen ließ.

»Und was ist das für eine Ausbildung genau?«

»Das nennt sich Gymnastiklehrer. Im Grunde wie Sportlehrer, nur ohne Studium. Danach kann ich überall arbeiten, wo Trainer gebraucht werden. Also im Sportverein, Fitnessstudio, Seniorenheim, Krankenhaus. Alles Mögliche.«

»Klingt gut. Dann brauchst du nur noch eine Wohnung in München, was?«

»Zumindest ein Zimmer, ja.« Sie verzog das Gesicht. »Das könnte sich allerdings bei den derzeitigen Mietpreisen etwas schwieriger gestalten.«

# 2017

## Atlanta

Als er von seinem Smartphone um halb sieben geweckt wurde, bemerkte Flori als Erstes seine enormen Kopfschmerzen.

»Willkommen in meinem Scheißhaufen von Leben«, murmelte er zu sich selbst. Ächzend wälzte er sich aus dem Hotelbett und hievte seinen Körper unter die Dusche.

Er war nun wirklich am Tiefpunkt angekommen. Jessy hatte ihn verlassen. Oder eher, er sie, nachdem sie ihn zum wiederholten Male mit Julian Nightingale betrogen hatte. Ausgerechnet mit diesem Windhund. Unglaublich eigentlich.

Danach hatte er sich mit Hardy Fence gestritten, weil der ihm mangelndes Engagement vorgeworfen hatte. Hallo? Mangelndes Engagement? Als ob Hardy immer hundert Prozent gegeben hätte. Noch dazu in schwierigen privaten Phasen. Flori war seit 20 Jahren mit Jessy zusammen gewesen. 20 Jahre. Da steckte man eine Trennung nicht einfach so weg. Und den Vertrauensbruch erst recht nicht.

Vielleicht sollte er sich von Hardy die Firmenanteile auszahlen lassen und irgendwo nochmal neu anfangen. Und vorher erst mal auf irgendeine Insel in der Karibik fliegen, wo Alkohol und Frauen billig waren. Die Bahamas oder so. Wieso nicht? Er hatte lange genug den braven Ehemann gegeben. Abgesehen davon war es jetzt sowieso schon egal.

Flori stieg aus der Dusche und trocknete sich ab. Als er – halbwegs frisch – aus dem beengten Badezimmer zurück in das Hotelzimmer ging, bemerkte er, dass sein Smartphone blinkte. Er legte das Handtuch mit der linken Hand ab und entsperrte mit rechts sein Handy. Das Display zeigte eine Nachricht auf der Mailbox.

»Hallo Herr Berthold, hier spricht Leonie Maier vom Seniorenstift Alt-Lindenau in Leipzig. Es tut mir leid, Ihnen mitteilen zu müssen, dass Ihre Mutter vergangene Nacht verstorben ist. Wir haben sie heute Morgen gefunden. Sie ist einfach eingeschlafen und nicht mehr aufgewacht. Wir möchten Sie bitten, sich bei uns zu melden. Danke! Es tut uns sehr leid, auf Wiederhören.«

Flori setzte sich auf den Bettrand, stützte den Kopf in beide Hände. Legte sich hin. Schloss die Augen. Nun war der Tag, vor dem es ihm die letzten Monate und Jahre gegraut hatte, also gekommen. Seine Mutter, die sich geistig schon längst verabschiedet hatte, war auch körperlich gegangen.

Er würde nach Europa fliegen und sich um die Formalitäten kümmern müssen. Immerhin fielen die Zahlungen für das Heim weg.

Für seine Mutter war es eine Erlösung. Und für ihn? Er hatte keine vernünftige Unterhaltung mehr mit ihr führen können, seit ihre Tage von der Demenz bestimmt wurden. Atlanta-Leipzig war davon abgesehen keine Distanz, die man mal eben für einen Nachmittagskaffee überbrückte. Entsprechend selten hatte er sie in den letzten Jahren besucht. Trotzdem war die Gewissheit, dass er sie nicht mehr lebend sehen würde – nie mehr – schmerzhaft? Nein. Es war einfach nur das, eine Gewissheit.

»Hey Hardy, hörst du mich? Hier ist es etwas laut, ich bin am Flughafen.«

Eine Gruppe Schüler drängelte sich an Flori, der eben den Check-in durchgeführt hatte, vorbei in die Wartehalle. Er hatte jetzt Zeit, ehe er den Flieger nach Frankfurt besteigen konnte. Der Flug hatte ein hübsches Sümmchen gekostet. Vor allem auch, da er einen Direktflug bevorzugt hatte und nicht über drei Zwischenstationen einmal quer durch Nordeuropa tingeln wollte.

»Pass auf. Ich muss nach Deutschland, meine Mutter ist gestorben.«

»Was ist los? Deine Mutter ist gestorben?«

»Ja, meine Mutter ist gestorben. Sie war schon eine ziemliche Zeit krank.«

»Oh, das tut mir leid«, erwiderte Hardy ehrlich betroffen.

»Danke. Ich bin in ein paar Tagen wieder zurück. Kannst du so lange ohne mich auskommen?«

»Klar, kümmere dich um die Sachen. Lass dir Zeit.«

»Okay, ich meld mich.« Flori legte auf. Wenigstens auf Hardy war Verlass.

Hoffentlich blieb das auch so. Hardy war ein hervorragender Geschäftspartner, keine Frage. Er hatte einen großartigen Riecher, konnte aus einem Berg Projekte zielstrebig die besten herauspicken. Analytisch erste Sahne. Allerdings zeigte sich in letzter Zeit immer mehr, dass ihm der Biss abhandenkam. Er wurde auch nicht jünger.

Und wie war es um Floris eigene Schaffenskraft bestellt? Generell stand er jetzt so richtig im Saft! Wenn man mal davon absah, dass sein Privatleben in Trümmern lag.

Er wollte sich nicht mehr mit Lappalien abgeben. Kleinen Fischen hatte er lang genug hinterhergejagt. Jetzt durfte es ruhig mal etwas Größeres sein.

Flori versuchte, sich auf dem neunstündigen Flug zu entspannen, aber das Bordkino gab nichts her. In der Eile hatte er auch nichts zu lesen mitgenommen. Sein Gehirn beschloss daher, ihm sein Leben häppchenweise vorzusetzen.

Die Kindheit und Jugend, dem Sport untergeordnet. Die Wende 1989, die ihm so viele Chancen eröffnen sollte. Die ersten sportlichen Erfolge. Und, natürlich, 1996. Die Goldmedaille. Die Freude darüber, die Bestürzung ob des

Bombenanschlags am nächsten Tag. Die Spiele waren aber glücklicherweise friedlich und gesittet zu Ende gegangen.

Danach die Tour mit Walt für *American Metal*. Das war ein einmaliger Crash-Kurs in Marketing gewesen. Und auch in Psychologie, wenn man es recht bedachte. Wie brachte man die Leute dazu, etwas gut zu finden und sich für das eigene Produkt zu entscheiden?

Rückblickend betrachtet hatte er Walt viel zu verdanken. Ohne ihn und diese Tour hätte er Jessy nie kennengelernt. Obwohl ihre Ehe letztlich gescheitert war, ohne Jessy wäre er nie ins Gastgewerbe eingestiegen. Hätte Hardy nicht kennengelernt. Würde sich diesen luxuriösen Lebensstil nicht leisten können, den er derzeit betrieb.

Wer konnte sich schon kurzerhand einen Flug nach Übersee buchen, ohne auf den Preis achten zu müssen? Und falls Hardy ihn ausbezahlen würde, so würde er nie wieder arbeiten müssen. Er hatte innerhalb der letzten 20 Jahre geschafft, wovon Millionen, sogar Milliarden Menschen träumten.

Zufrieden lehnte Flori seinen Kopf an die Flugzeugwand und döste ein.


Der kurze Anschlussflug von Frankfurt nach Leipzig verlief ruhig und so war Flori nach zwölf Stunden zum ersten Mal seit sieben Jahren wieder in Leipzig. Hatte er seine Mutter tatsächlich so lange nicht gesehen? Kurz keimte Reue in ihm auf, aber es ließ sich jetzt nicht mehr ändern.

Vom Flughafen aus nahm er ein Taxi zum Seniorenstift. Für den Check-in im Hotel war es noch zu früh und nach einem schnellen Frühstück am Flughafen fühlte er sich halbwegs gerüstet.

Das Seniorenheim schien kürzlich renoviert worden zu sein. Das Weiß des großen wilhelminischen Hauses hob sich im grauen Nieselregen deutlich von den umgebenden Büschen und Bäumen ab. Zur Anlage gehörte auch ein einladender, aber wenig großzügig dimensionierter Park. Aufgrund des Wetters hielt sich dort niemand auf.

Florian betrat das Gebäude und wurde nach kurzer Wartezeit zu Leonie Maier, der Leitung des Heimes, vorgelassen.

»Guten Tag, Herr Berthold, und mein Beileid zu Ihrem Verlust! Setzen Sie sich doch«, begann sie die Unterredung.

Flori schüttelte ihre Hand, nickte kurz und nahm auf der zweisitzigen, dunkelblauen Couch Platz, die in einer Ecke des Büros für zwanglosere Unterredungen bereitstand.

»Sie möchten sich sicherlich noch persönlich von Ihrer Mutter verabschieden. Wir haben alles so weit vorbereitet. Falls wir Sie bei den Formalitäten unterstützen sollen, geben Sie mir bitte einfach Bescheid. Wir haben mit diesen Dingen, die leider immer anfallen, eine gewisse Routine. Soweit ich weiß, leben Sie ja schon länger im Ausland und sind vermutlich mit den hiesigen Gegebenheiten nicht mehr so vertraut.«

Flori nickte erneut. Kaffee wurde gebracht. »Vielen Dank, Frau Maier. Ich habe tatsächlich keine Ahnung, was alles zu beachten ist. Wenn Sie mir etwas von dem Papierkram abnehmen könnten, wäre das super. Ich möchte alles so schnell wie möglich geregelt haben.«

»Das dachte ich mir bereits.«

Jetzt erst sah sich Flori die Frau näher an. Sie machte einen einfühlsamen, aber bestimmten Eindruck. Er war sich sicher, dass die Formsachen bei ihr in guten Händen waren.

»Sie können uns auch eine Vollmacht erteilen, sodass wir alles Notwendige für Sie erledigen. Wir würden Ihre Mutter dann nach einer Feuerbestattung auf dem Friedhof hier in Alt-Lindenau beisetzen.«

Flori überlegte kurz. War es undankbar, sich nicht selbst um all die Details zu kümmern? Nein. An der Erinnerung würde es nichts ändern. An den Tatsachen auch nicht. »Das wäre mir sehr recht, danke. Wie schnell ginge das?«

»Es lässt sich nicht genau sagen, da wir vom Bestatter abhängen, aber innerhalb einer Woche sollte im Normalfall alles geregelt sein.«

Flori las das Vollmachtschreiben, das Leonie Maier ihm vorgelegt hatte. Überlegte nochmals kurz. Dann unterschrieb er es. Er lehnte sich zurück, legte den Kopf in den Nacken, schloss die Augen und atmete hörbar aus.

»Seltsam, oder? Ich bin nicht mal richtig traurig. Ich meine, sie war meine Mutter. Natürlich. Aber wir hatten nie ein besonders inniges Verhältnis. Und durch die Demenz war sie sowieso nicht mehr so ganz hier. Das letzte Mal, dass sie mich mit meinem richtigen Namen angesprochen hat, war vor zehn Jahren. Es ist einfach nur bitter. Irgendwie. Natürlich musste dieser Tag kommen. Und jetzt, wo er da ist, fühle ich gar nichts.«

Florian rieb sich die Augen, öffnete sie, setzte sich gerade hin und blickte die Heimleiterin an. »Ach, was soll's. Sie sagten, ich könne sie nochmal sehen?«

Flori wurde in einen Raum im Keller des Seniorenstifts geführt. Da lag sie. In einem fahrbaren Krankenhausbett. Dürr, richtiggehend ausgemergelt. Und faltig. Mit der Mutter aus seiner Kindheitserinnerung hatte dieser Körper nicht viel gemein. Er wollte die frühere Erinnerung behalten. Nicht dieses letzte Stadium. Daher drehte er sich nach kurzer Zeit um und verließ den Raum.

Leonie Maier saß wieder an ihrem Schreibtisch.

»Da ist noch etwas. Wir haben in den persönlichen Sachen Ihrer Mutter diesen Brief gefunden.«

Sie reichte ihm ein Kuvert. »Alles Weitere, die Kleidung und so, würden wir mit Ihrer Zustimmung entsorgen. Hier ist außerdem noch ein Fotoalbum. Mehr persönliche Gegenstände hatte sie nicht hier.«

Flori nahm das Fotoalbum entgegen. Er bedankte sich und verließ die Einrichtung.

Im Hotel angekommen, musste er sich erst einmal hinlegen.

Nach zwei Stunden traumlosen Schlafs fühlte er sich halbwegs ausgeruht. Das heißt, sein Geist. Sein Körper war nun vollends dem Jetlag erlegen und schien in einer schweren Bleiweste zu stecken, aber das machte nichts. Er kannte das. Es würde sich legen. Flori betrachtete das Fotoalbum, das er auf dem schwarzen Hoteltisch abgelegt hatte. Ob er es überhaupt durchsehen sollte? Er beschloss, diesen sentimentalen Akt auf nach dem Abendessen zu verschieben.

Ein grandioses medium rare Rinderfilet und eine Flasche schweren Rotwein später war er allerdings zu erschöpft, um überhaupt noch irgendetwas zu tun. So schaltete er nur noch den Fernseher mit Sleeptimer ein und dämmerte kurz darauf weg.

Am nächsten Morgen trafen ihn die Erinnerungen dafür umso heftiger. Flori war, wieder, mit starken Kopfschmerzen aufgewacht, die nicht nur vom Alkohol herrührten. Etwas wollte heraus. Sein Kopf war zum Bersten voll. Ohne nachzudenken, griff er nach dem Fotoalbum und schon als er den Deckel aufschlug, quollen die Tränen zäh aus seinen Augen über die heißen Wangen. Ließen sich nicht aufhalten. Und er wollte sie auch nicht zurückhalten.

Die erste Seite zeigte den Abdruck einer winzigen Hand. Seiner Hand. Kurz nach seiner Geburt.

Er erkannte, dass es nicht das Fotoalbum seiner Mutter war. Es war sein Album. All die Erinnerungen, die sie für ihn aufbewahren wollte. Und er war so ein verdammtes Arschloch. So ein mickriger, kleiner Wurm. Hatte seine Mutter einfach aus seine Welt geschoben, weil er ihrem

Anblick nicht mehr standhalten konnte. Wie ein alt und brüchig gewordener Gebrauchsgegenstand, ein Auto vielleicht. Das kann weg. Einfach so.

Als er seine Fassung wiedererlangt hatte, blätterte Flori weiter. Sein Blick blieb an einigen Fotos aus Bayern hängen. In den Jahren nach der Wende war er mit seiner Mutter dorthin gefahren, um Urlaub zu machen. Das war 1993 gewesen, seine Mutter hatte die Jahreszahl neben das Bild geschrieben. Ob es die Wirtschaft noch gab, in der sie übernachtet hatten? Er besah sich die Fotos. Erinnerte sich daran, wie sie sich auf dem steinigen Gipfel des Lusen per Selbstauslöser aufgenommen hatten. Danach hatten sie die mitgebrachte Brotzeit gegessen. Er hatte mit einem roten Taschenmesser, einem Erbstück seines Vaters, den geräucherten Schinken in Scheiben geschnitten. Seine Mutter die gekochten Eier geschält. Warm war es gewesen, Sonnenschein, blauer Himmel.

Flori legte das Album beiseite und beschloss, im Internet nach dem Gasthof zu suchen, in dem sie damals untergekommen waren. Vielleicht konnte er sich auf diese Weise von seiner Mutter verabschieden.

Tatsächlich existierte das Gasthaus Salzsteig in Spiegelöd noch. Flori buchte für die nächsten drei Tage ein Zimmer und einen Mietwagen. Er fühlte sich leichter, aber auch erschöpft. Der Druck in seinem Kopf hatte abgenommen. Er stand auf, um zu duschen.

Nach dem Frühstück öffnete er den Brief, den ihm die Heimleiterin mitgegeben hatte. Es war kein Empfänger auf dem Kuvert eingetragen. Das Schriftstück schien an ihn gerichtet. Die Handschrift war ungelenk bis unleserlich. Seine Mutter musste den Brief in den letzten Monaten oder Jahren geschrieben haben. Auch nach mehrmaligem Lesen konnte Flori keinen Sinn erkennen. Einzig die Eröffnung »Mein lieber Sohn« stand klar und deutlich auf dem Papier. Alle weiteren Worte waren relativ planlos und ohne Zusammenhang auf das Blatt verteilt worden.

Was hatte sie ihm wohl noch mitteilen wollen?

Flori steckte das Blatt zurück in das Kuvert und das Kuvert in das Fotoalbum.

Er beschloss, keine Zeit mehr zu vergeuden, seinen Mietwagen abzuholen und nach Spiegelöd zu fahren.

\*\*\*

Florian hatte vergessen, bei der Buchung des Mietwagens darauf zu achten, dass der ein Automatikgetriebe, wie es in den USA üblich war, besaß. So wurden die ersten Kilometer innerhalb der Stadtgrenzen von Leipzig zu einer interessanten Übung. An einer Ampel würgte er den Motor ab, was ihm wütendes Gehupe des nachfolgenden Fahrers einbrachte.

Nach einiger Zeit hatte er sich wieder an das Fahren mit Schaltknüppel gewöhnt und war endlich auf der Autobahn angekommen. Er wunderte sich, wieso Deutschland oder der Rest Europas so gerne mit manueller Schaltung fuhr. Aus seiner Sicht war das nur unnötig und unpraktisch.

Das eingebaute Navi des kompakten SUVs bot ihm zwei Routen ähnlicher Streckenlänge an. Da die Variante über Pilsen aber gute zwei Stunden länger gedauert hätte, fuhr er Richtung Hof und Weiden in den Bayerischen Wald.

Der Wagen schnurrte vor sich hin, der übrige Verkehr blieb ruhig. Flori spielte ein wenig mit den verfügbaren Radiosendern. Eine Frauenstimme säuselte zu Latino-Rhythmen davon, dass ihr Herz in Havanna wäre. Davon abgesehen kamen viele Songs, die er aus den 90ern kannte.

Die Landschaft gab auch nicht allzu viel her. Erst auf den letzten achtzig Kilometern vor Spiegelöd erhoben sich langsam sanfte Hügel und in der Ferne war dichter Wald erkennbar.

Es war später Nachmittag, als er auf den Ortseingang von Spiegelöd zufuhr. Die Sonne verschwand abschnittsweise bereits hinter den Baumwipfeln der Nadelbäume. Was mochten das sein? Fichten?

Der Ort hatte sich auf den ersten Blick kein bisschen verändert. Die meisten Häuser sahen gepflegt aus. Nett. Idyllisch. Auch das Gasthaus erkannte Flori sofort wieder, als er auf den Parkplatz der weitläufigen Anlage einbog.

Es handelte sich um ein dreigeschossiges, weißes Haus mit schwarz gestrichenen, massiven Holzbalkonen. Das dunkle Walmdach erinnerte an ein altes Bauernhaus. Vielleicht war es das einst gewesen? An das Gasthaus grenzten saftige Wiesen und ein hübscher See. Ihm fiel ein, dass er damals, als er 1993 mit seiner Mutter hier gewesen war, mit den restlichen Kindern und Jugendlichen auf dem Gelände Fußball gespielt hatte und schwimmen gegangen war. Das Wasser war allerdings ziemlich kalt gewesen.

»Herzlich willkommen im Salzsteig! Ich bin Oskar, der Wirt«, begrüßte ein junger Mann in Jeans und kariertem Hemd den Neuankömmling. »Sie werden sich hier sicher sehr wohl fühlen, Herr Berthold. Wie gewünscht haben wir Ihnen das Zimmer gleich an der Treppe reserviert.«

Flori bedankte sich. Er hatte bei der Buchung angefragt, ob er das Zimmer, das er mit seiner Mutter bewohnt hatte, haben könne. Es freute ihn, dass das geklappt hatte.

»Frühstück gibt es immer von 7 bis halb 10, für Mittag- und Abendessen ist täglich, außer montags, unsere Küche geöffnet. Die Zeiten finden sie auch in der Broschüre. Und hier ist der Zugangscode für das WLAN.«

Oskar händigte Flori den Zimmerschlüssel und eine Broschüre aus.

»Sollten Sie sonst noch irgendwelche Wünsche haben, einfach raus damit.«

Oskar lächelte Flori an. Der versicherte, dass für den Moment alles in bester Ordnung sei, und brachte seinen Koffer aufs Zimmer.

Es hatte sich nicht viel verändert. Das ehemals wuchtige, dunkle Bett war einem moderneren, schlichteren Exemplar aus Eiche gewichen. An der Wand fand sich ein Flachbildfernseher. Das cremefarbene Bad aber hatte sich komplett aus den Neunzigern herübergerettet. Die hellblauen Schränke waren ebenfalls noch die gleichen und passten nach wie vor nicht so recht zum Rest der Einrichtung. Der Boden war mit einem leicht muffigen, beigen Teppich bedeckt. Es war definitiv nicht das Ritz-Carlton, aber es war in Ordnung.

Das Bett war ihm deshalb so in Erinnerung geblieben, weil er mit seiner Mutter darin hatte übernachten müssen. Für einen Siebzehnjährigen die absolute Höchststrafe. Aber für zwei Zimmer hatten sie einfach nicht das Geld gehabt. Heute hatte er diesbezüglich keine Probleme mehr.

\*\*\*

»Also, Oskar, was soll ich sagen?«, begann Chris die Unterredung.

Der ehemalige Jugendfreund seiner Schwester war mittlerweile zum zuständigen Bankberater für den Salzsteig geworden. Genau genommen war er aufgrund von Einsparmaßnahmen der einzige Kundenberater der Bank vor Ort und hatte somit alle Kunden zu betreuen.

Sie saßen in einem Besprechungsraum der Raiffeisenbank, der 15 Personen Platz geboten hätte. Ein massiver Holztisch beherrschte den Raum. Darum platziert diverse Stühle mit orangen Stoffbezügen. Siebziger Jahre allerorten. Ebenso die grasgrünen, aber immerhin neuen und etwas luftigeren Gardinen. Die Vorgänger in dunklerem Farbton und enorm dicker Stoffausführung waren erst vor zwei oder drei Jahren ausrangiert worden. Man musste ja mit der Zeit gehen. Zumindest, wenn es sich nicht mehr vermeiden ließ.

Vor Chris erhob sich ein Stapel Papiere. Unter anderem Oskars letzte Kontoauszüge.

»Also rosig sieht's ja gerade nicht aus«, ergänzte er mit ernster Miene.

Oskar nickte. Das konnte man durchaus so sagen. Seit der letzten Renovierung vor fünf Jahren, bei der einige der Zimmer neu eingerichtet und die kompletten Sanitäranlagen instand gesetzt worden waren, hatte Oskar zwar schon einiges vom Kredit zurückgezahlt, aber gerade das letzte Jahr war nicht gut gelaufen. Daher hatte er schon zweimal eine Ratenzahlung aussetzen müssen.

Chris zwirbelte sein rechtes Ohrläppchen zwischen Daumen und Zeigefinger. »Ich meine, ihr seid ja schon wirklich lang bei uns Kunden. Und es hat im Großen und Ganzen immer ganz gut gepasst. Aber angesichts des noch ausstehenden Betrags und deiner Stundungen zuletzt wollte ich natürlich mal mit dir reden, Oskar. Wie ist deine Einschätzung? Kannst du den Kredit überhaupt bedienen? Sonst müssten wir uns mal Gedanken machen, was es an Alternativen gibt.«

Oskar nickte. Überlegte, wobei er seine Mundwinkel abwechselnd links und rechts nach oben zog. Was sollte er ihm sagen? Dass es, wenn dieser Sommer wieder so bescheiden lief, ernsthaft eng wurde?

»Chris, ich will ganz offen die Karten auf den Tisch legen«, setzte er an. Natürlich wollte er die Karten nicht ganz offen auf den Tisch legen. Aber gab es eine Alternative? Oskar konnte Markus Kögerl, den regionalen Baumogul, nach einem Kredit fragen, aber das wollte er nicht. Kögerl war bekannt dafür, seine Kreditnehmer überaus herablassend zu behandeln. Und sonst? Andere Möglichkeiten waren ihm bislang nicht in den Sinn gekommen. Insolvenz kam auf jeden Fall nicht infrage. Er würde dieses Gasthaus weiterführen, koste es, was es wolle.

»Ganz ehrlich, der letzte Sommer kam einer Katastrophe schon sehr nahe. Unsere Übernachtungszahlen waren viel zu wenig. Die Leute gehen zum Essen einfach nicht mehr so sehr ins Wirtshaus. Wir haben nun mal keinen Döner und keine Pizza und kein Gyros. Der Winter sollte hoffentlich besser werden. Wobei die Wintersportler auch bei Weitem nicht mehr so zahlreich kommen, wie's bei meinen Eltern noch war. Mal abgesehen davon, dass der Winter selbst auch immer kürzer wird. Denkst du, wir könnten die Raten strecken? Oder was schwebt dir vor? So wie's aktuell läuft, kommen wir mit den Zahlungen so halbwegs hin. Aber große Sprünge kann ich nicht machen.«

Chris nickte. Er hatte etwas in der Art vermutlich erwartet.

»Also, ich sehe mehrere Optionen. Vor allem sehe ich uns als Team, das muss ich ja nicht extra betonen. Wir haben das gleiche Ziel. Wir wollen beide, dass dein Laden weiterläuft. Dass es bergauf geht. Dass die Kiste brummt. Und dazu«, er nestelte an seinem Papierstapel herum, »müssen wir, glaub ich, ein wenig nach vorn gehen. Investieren, verstehst du?«

Damit hatte Oskar nun nicht gerechnet.

»Investieren? Also mehr Kredit aufnehmen?«

Chris nickte. »Entweder das, oder einen Investor an Bord holen.« Er machte eine Kunstpause, damit sich Oskar mit dem Gedanken anfreunden konnte.

»Ein Investor.« Er kratzte sich an der Augenbraue. Woher sollte der kommen? »Wer würde denn in ein Wirtshaus im Bayerischen Wald investieren? Und wie soll das praktisch funktionieren?«, fragte er.

Chris' Mundwinkel schoben sich nach oben. Die Andeutung eines Lächelns. »Ich stelle mir das so vor: Du gründest mit dem Investor gemeinsam eine GmbH. Das operative Geschäft übernimmst weiterhin du. Der Investor hilft vor allem mit einer Kapitalspritze und vielleicht auch bei der Vermarktung. Idealerweise ist das jemand aus dem Tourismusbereich. Sonst haben wir nur sogenanntes *dummes* Geld, also ohne Knowhow. Das bringt nicht so viel«, führte er aus.

Ob Chris kürzlich ein Seminar zu dem Thema besucht hatte? Irgendwie klang das alles ein wenig zu auswendig gelernt.

»Mmh«, grummelte Oskar. »Ich weiß nicht so recht.«

»Doch, doch!«, sagte der Bankberater euphorisch, während er einen Fussel von seinem weißen Strickpullunder zupfte. »So schlagen wir zwei Fliegen mit einer Klappe, eigentlich sogar drei. Du bist deine Schulden los und hast einen richtig starken neuen Partner.«

Chris hob den Zeigefinger, eine eins symbolisierend. »Dein Partner hat eine gute Möglichkeit, sein Geld gewinnbringend anzulegen.« Er hob einen zweiten Finger. »Und last, but not least«, er grinste, als er den dritten Finger hob,

»haben wir als Bank eine Sicherheit mehr. Der Investor würde im Fall der Fälle auch haften.«

Oskar blieb skeptisch. Würde er mit einem Geldgeber an Bord die Pension weiter im Sinne seiner Eltern führen können? Oder würde dieser ihn zwingen, irgendwelchen Moden zu folgen und den Salzsteig zu einem seelenlosen, x-beliebigen Haus umzubauen?

Chris schob ihm eine Broschüre über den Tisch.

»Hier, schau mal«, führte er aus. »Das ist zum Beispiel die *Rezidor Group*, aber es gibt auch noch andere, die an solchen Investments Interesse haben. Für die *Rezidor* sind wir wahrscheinlich zu klein. Sieh es eher als Beispiel. Die kaufen sich ein und bringen jede Menge Expertise mit. Nicht nur aus Deutschland. Weltweit! Die bieten dir alles, was du heutzutage brauchst. Großartig, sag ich dir. Das wird großartig. Denk mal drüber nach.«

Oskar faltete den Prospekt in der Mitte und steckte ihn ein. Nach ein wenig Smalltalk stand er auf und versicherte Chris, dass er sich die Sache mit dem Investment durch den Kopf gehen lassen würde. Was er in diesem Moment aber nicht vorhatte.

Oder stellte es doch eine Möglichkeit dar?

Oskar fuhr nach Hause und ging gleich darauf auf den Dachboden. Wenn er nicht mehr weiter wusste, konnte er sich durch den körperlichen Akt des Sortierens auch geistig Klarheit verschaffen. Zumindest ab und zu half das. Und falls nicht, so war immerhin die Zeit sinnvoll genutzt. Davon abgesehen fühlte er sich an diesem Ort seinen Eltern näher. Er schob zwei alte Holzstühle beiseite, um an die Registrierkasse zu gelangen, die sein Vater früher in der Wirtsstube benutzt hatte. Mit lautem Klingeln öffnete sich die Geldlade, als er an der linken Kassenseite an einem Hebel zog. Er nahm die paar D-Mark-Münzen und -Scheine heraus, die seit Ewigkeiten darin verstaut waren. Die hundertzwei Mark fünfundfünfzig hatte er schon häufig gezählt. Dennoch fand er es mit zunehmendem zeitlichen Abstand interessant, die ausrangierten Banknoten und Münzen zu betrachten. Sie wirkten fast antik. Der grüne Zwanzig-Mark-Schein zeigte das altertümliche Bild einer Frau mit Kopftuch.

Seine Eltern hatten eine eindeutige Haltung zu Geld gehabt. Man gab nur Geld aus, das man besaß. Ende. Soweit er wusste, hatten sie nur zweimal einen Kredit aufgenommen. Dabei hatte es sich aber um wirklich kleine Summen gehandelt, die sie innerhalb weniger Monate zurückzahlen konnten. Und er? Saß in der Patsche. Hatte kein Geld mehr.

»Sei's drum«, dachte Oskar und verstaute die alten Scheine wieder in der Kasse.

\*\*\*

»Ich würde gerne eine kurze Wanderung unternehmen. Vielleicht zwei bis drei Stunden. Was wäre denn da sinnvoll?«, erkundigte sich Flori bei Oskar, dem Wirt.

»Generell ist der Lusen sehr beliebt. Ist auch nicht weit von hier. Ich wollte heute Nachmittag auch mal wieder raufgehen. Wenn Sie so lange warten, können wir gern gemeinsam los.«

»Oh, das klingt klasse! Da sag ich nicht nein! Nicht, dass ich mich noch verlaufe und die Bergwacht rufen muss«, scherzte Flori. »Wann wäre das?«

»Sollen wir gegen zwei losfahren? Bis dahin habe ich hier alles erledigt.«

»Prima, dann bis nachher!«

Oskar steuerte sein Auto gegen viertel nach zwei auf einen Parkplatz nahe der wenige Gebäude umfassenden Siedlung Waldhäuser. Hier starteten einige Wege zum Gipfel des Lusen.

Sie stiegen aus. Oskar drückte die Funkfernbedienung und der Wagen blinkte kurz, um zu bestätigen, dass er verriegelt war.

Die ersten Minuten der Wanderung erzählte Oskar von der großen Käferplage und den Auswirkungen, die dieser biologische Kahlschlag auf die Bäume gehabt hatte. Und noch hatte. Aufgrund der vielen Wanderungen mit Hannes Wagner konnte er aus dem Vollen schöpfen.

Florian zeigte sich höflich interessiert. Fragte ein wenig nach. Ein richtiges Gespräch entspann sich aber nicht. So liefen sie bald schweigend nebeneinander her.

Nach einer kurzen Passage durch nachwachsendes Gebüsch stellte Oskar fröhlich fest: »So, nachdem wir hier auf einer Höhe über 1000 Meter sind, möchte ich dir offiziell das Du anbieten. Das ist in den Bergen üblich. Ich bin der Oskar.«

»Na, wenn das so üblich ist, werde ich mich sicher nicht wehren. Ich bin Flori.«

Sie schüttelten einander schmunzelnd die Hand.

Diese Geste der Annäherung schien das Eis zu brechen.

Flori erzählte von Atlanta. Vom Leben in den Vereinigten Staaten. Von seinen Hotels.

»Oh, du kommst auch aus der Hotellerie? Darf ich dir eine Frage stellen?«, hakte Oskar gleich ein.

»Klar, worum geht's denn?«

»Wenn du an meiner Stelle wärst, was würdest du tun? Die Übernachtungen im Salzsteig gehen kontinuierlich zurück. Ich weiß einfach nicht, wie es weitergehen soll. Mein Bankberater hat mir vorgeschlagen, einen Investor zu suchen«, sagte Oskar. Wieso erzählte er das? Was gingen seinen Gast seine Probleme an? Aber jetzt war es ohnehin zu spät um die Worte zurückzunehmen. Und vielleicht hatte Flori ja tatsächlich den ein oder anderen Tipp parat.

»Das verstehe ich. Wenn man sich mit Investoren noch nie beschäftigt hat, kann das durchaus beängstigend sein. Aber das ist alles nicht so wild. Bei meiner Firma, der *Grand Hospitality*, arbeiten wir mit Investoren zusammen. Das klappt recht gut. Im Grunde ist das nichts anderes als eine Partnerschaft mit der Bank. Nur, dass der Investor im Idealfall mehr Ahnung von der Materie hat.«

Der Weg wurde jetzt deutlich breiter und weniger steil. Sie kamen auf einem flachen Plateau an. Der Gipfel war nur noch ein paar Minuten entfernt.

»Mit einer Privatperson könnte ich mir das vielleicht vorstellen«, bemerkte Oskar. »Ich hab nur keine Lust auf einen Großkonzern, für den der Salzsteig ein Häuschen im Nirgendwo ist, das man auch schnell schließen kann, wenn's nicht läuft.«

»Versteh ich total.«

Das Plateau verengte sich und der Weg wurde noch ein letztes Mal steil. Schnaufend erklommen sie den Anstieg, bis rings um sie nur noch Felsblöcke zu sehen waren. Einige Meter oberhalb war das Gipfelkreuz erkennbar. Die großen, leicht moosigen Steinbrocken beeindruckten Flori. Im Umkreis von dreihundert Metern gab es nichts, außer diesen Felsen. Die meisten waren etwa so groß wie sein Oberkörper.

»Wow, das sieht wirklich irre aus.«

Auch Oskar balancierte von Stein zu Stein. Die unterschiedlichen Neigungen der Felsen machten dieses Vergnügen zu einer richtig sportlichen Angelegenheit.

»Man hat tatsächlich den Eindruck, als hätte hier jemand eine große Handvoll Steine fallen lassen. Kein Wunder, dass es diese Sagen gibt«, sagte Flori.

»Nicht wahr? Es ist zwar nicht der höchste Gipfel im Bayerwald, aber er gehört bestimmt zu den schönsten.«

Sie kletterten über die Brocken bis zum etwas unterhalb gelegenen Lusenschutzhaus, das eine Gaststätte beherbergte.

»Könntest du dir denn ein Engagement in Europa vorstellen?«, fragte Oskar vorsichtig.

Flori überlegte. »Wieso eigentlich nicht? Lass mich darüber nachdenken. Es spricht im Grunde nichts dagegen. Mit den USA bin ich durch, glaub ich.«

Oskars Augen glänzten.

# Leipzig

»Und so bitten wir dich, Herr, nimm unsere Schwester Frederike Berthold auf in die Schar der Engel und Heiligen. Gib ihr die Ruhe und den Frieden, den wir alle so sehr ersehnen.«

Der Priester beschloss die sehr intime Beisetzung – außer Flori waren nur drei weitere Gäste aus dem Altersheim anwesend –, indem er die Urne segnete.

Das blieb also von einem Menschenleben übrig. Ein Häuflein Asche.

Neben all den Erinnerungen der Menschen, die seine Mutter gekannt hatten und denen sie irgendwann in ihrem Leben begegnet war. Und natürlich, als einziger direkter Nachfahre, Florian selbst. Wenn er es genauer betrachtete, so hatte seine Mutter einen größeren Stempelabdruck in seinem Leben hinterlassen, als er vor ihrem Tod gedacht hatte. In all seinen Angewohnheiten, Vorlieben, Abneigungen.

Jetzt war sie weg. Endgültig. Viel kleiner als in diese pulverisierte Form konnte man einen Körper kaum bringen. Wie würde sein Tod einmal aussehen? Was würde von ihm bleiben? Er fühlte sich taub.

Flori bedankte sich bei dem Priester, der Heimleiterin des Seniorenstiftes und beim Bestatter und verließ den Friedhof.

Er überlegte. Was sollte er jetzt tun? Er hatte einmal gelesen, dass ein stabiles Leben aus den Säulen Familie, Arbeit und privater Beziehung bestand. Mit dem heutigen Tage stand von diesen Säulen nur noch die Arbeit. Da die aber eng mit Jessy verbunden war, würde sie ebenso wegfallen. Er war allein und ohne Ziel. Sein Leben befand sich in einer Sackgasse. In einer fremden Stadt. Ohne Landkarte. Ein starkes Gefühl von Einsamkeit überkam ihn.

In der Nähe lag ein Park an einem Fluss, der Richard-Wagner-Hain an der Elster. Er beschloss, sich selbst und seine Gedanken dort etwas zu sortieren. Es war zumindest sonnig und trocken, wenngleich die Temperatur nicht allzu weit über 10 Grad liegen mochte. Überraschend kühl für einen Tag im Hochsommer.

Bereits auf dem kurzen Fußweg zum Park reifte in Florian der Entschluss, seine Anteile an der *Grand Hospitality* zu verkaufen. Mit Jessy konnte er auf keinen Fall mehr zusammenarbeiten. Hardy würde immer zwischen ihnen vermitteln müssen. Das wollte er nicht. Außerdem, wieso sollte er sich abrackern? Mit dem Geld hätte er die nächste Zeit Ruhe.

Würde ihm langweilig werden?

Sollte er wieder mit dem Schießen anfangen?

Womit verbrachten Menschen ihre Zeit? Vielleicht sollte er Hunde züchten? Oder Greifvögel. Das wäre doch eine Sache.

Im Park angekommen, setzte er sich auf eine Bank und ließ seinen Blick dem Wasser des in Beton gefassten Flusses folgen. Die Elster floss hier verhältnismäßig breit und gemächlich vor sich hin.

Das Gefühl der Isolation und des Verlustes keimte wieder auf.

Er hatte keine Familie mehr. Die Scheidung mit Jessy lief und seine Mutter hatte er eben beerdigt. Er wollte schreien, wollte weinen, wollte um sich schlagen. Flori rief sich selbst zur Ordnung.

Er war schon sein Leben lang ein Kämpfer gewesen. Also was sollte der Blödsinn?

Zwei Enten flogen dicht über dem Gewässer.

Es war windstill.

Eine Kirchenglocke verkündete mit zwei dumpfen Schlägen die Uhrzeit.

Das Wasser zischte laut, als die Enten darauf landeten.

Flori dachte an Oskar und das Gasthaus und an die vergangenen drei Tage. Vielleicht wäre es gar nicht so verkehrt, sich hier in Deutschland etwas aufzubauen?

Nichts zu tun, würde ihn langweilen. Die Gedanken an Tierzucht und dergleichen waren im Grunde Hirngespinste. Er wusste das.

Etwas räumliche Distanz zu seinem Leben in Atlanta wäre sicher auch gesund. Schon um die Ehe mit Jessy vergessen zu können. Oskar brauchte außerdem einen Investor. Aus dem Hotelgewerbe. Er war genau das. Vielleicht gab es doch so etwas wie Schicksal?

Die Frage war nur, wie sie das Gasthaus weiterentwickeln sollten, aber da würde sich bestimmt ein Konzept finden. Kommt Zeit, kommt Rat, oder so.

Florian blieb noch etwas länger sitzen. Versuchte, sich zu entscheiden. War das eine gute Idee? Es war ein radikaler Schritt. Er fühlte dabei eine Unruhe, die an Unsicherheit und Angst grenzte. So, wie er sich früher vor jedem Wettkampf gefühlt hatte. Damals war es die Angst, zu versagen, gewesen. Und heute? Einfach nur Angst vor der Ungewissheit? Vor dem Neuen?

Er verbuchte dieses Gefühl als ein gutes Zeichen. Man konnte sich schließlich nur weiterentwickeln, wenn man dahin ging, wo sich die Angst befand, richtig?

Also nahm Flori sein Smartphone und rief Hardy an. Während des ersten Klingelns legte er wieder auf. Wie spät war es jetzt in Atlanta? Auch hier half das Smartphone: acht Uhr morgens. Hardy war nie vor neun im Büro. Das Gespräch würde warten müssen.

Flori schlenderte zurück zum Friedhof, wo sein Mietwagen stand. Dort angekommen telefonierte er kurz mit Oskar, um ihm zu sagen, dass er noch heute nach Spiegelöd zurückkommen und einige weitere Tage bleiben werde. Danach verband er sein Telefon mit der Freisprechanlage des Autos und startete den Motor. Er würde unterwegs mit Hardy sprechen. Seine Finger kribbelten leicht vor Anspannung, als er das Lenkrad umfasste. Genau wie früher, dachte er, genau wie früher.

\*\*\*

Flori hatte gerade Hof passiert und auf die Autobahn in Richtung Weiden gewechselt, als er es erneut bei Hardy versuchte. Aus den Boxen des Autoradios ertönte ein Freizeichen. Einmal. Zweimal. Dann nahm Hardy den Anruf an.

»Hey Hardy, Flori hier. Na, wie läuft's?«, begann er das Gespräch.

»Hi Flori, hier geht alles seinen gewohnten Gang, nichts Neues. Und bei dir? Kommst du voran?« Hardy klang fröhlich. Das war gut.

»Ich komme gerade von der Beerdigung meiner Mutter.« Flori stockte kurz. Bei den letzten Worten war unwillkürlich Trauer in ihm aufgeflammt. Doch dafür war jetzt kein Platz. »Weißt du, Hardy, ich habe die letzten Tage sehr viel über mich und mein Leben nachgedacht. Und was ich damit tun will.« Er machte eine erneute Pause. Diesmal allerdings, um in Ruhe einen Lastwagen zu überholen. Seine Augen blieben an einem Aufkleber hängen: *Wenn Sie das hier lesen können, habe ich meinen Anhänger verloren.* Unwillkürlich musste Flori lauthals loslachen.

»Geht's dir gut? Ist alles in Ordnung?« Hardy hatte die Pause und das völlig unpassende Lachen nervös gemacht.

»Ja! Ja, entschuldige. Ich hab gerade einen Laster überholt und der hatte einen lustigen Spruch ... ach, egal.« Flori stand tatsächlich ein wenig neben sich. Er blinkte rechts und brachte vorsichtshalber den Wagen auf dem Pannenstreifen zum Stehen.

»Okay«, sagte Hardy zögerlich.

»Ich will aus der *Grand Hospitality* aussteigen«, platzte Flori heraus.

»Okay«, wiederholte Hardy langsam. Einige Sekunden lang herrschte Schweigen. »Bist du dir sicher? Willst du darüber schlafen? Du solltest nichts überstürzen.«

»Es hat keinen Sinn. Wenn ich in der Firma bleibe, wirst du immer als Puffer zwischen Jessy und mir fungieren müssen. Ich brauche Abstand von ihr. Von meinem Leben in Atlanta. Von allem.«

Hardy schwieg. Dann sagte er: »Das verstehe ich natürlich. Um ehrlich zu sein, habe ich damit gerechnet. Seit ihr beide ernsthafte Probleme bekommen habt. Aber ich finde es nicht gut. Absolut nicht.«

»Freut mich, dass du es zumindest verstehst.« Flori war erleichtert.

»Bleibt mir etwas anderes übrig?«, fragte Hardy. Er klang jetzt entspannter.

»Wahrscheinlich nicht, aber du hättest es mir auch schwerer machen können. Ich wusste nicht, wie ich es dir sagen soll.«

»Ach, es ist eine blöde Situation mit euch beiden. Man soll Arbeit und Intimleben einfach nicht vermischen.«

»Zu spät, Hardy. Der Tipp kommt ungefähr zwanzig Jahre zu spät«, fügte Flori mit einem Lachen an.

»Ich weiß!« Hardy lachte nun ebenfalls. »Beherzige es doch bitte bei deiner nächsten Ehe.«

Flori versprach es ihm. Nachdem sie vereinbart hatten, sich in den nächsten Tagen mit den Details zu befassen, beendete Flori das Gespräch. Er atmete tief durch und nahm einen Schluck aus der Wasserflasche, die er auf dem Beifahrersitz deponiert hatte.

»Immerhin«, dachte er.

Als Flori wenige Stunden später beim Salzsteig ankam, wandte er sich sofort an Oskar. »Wir machen das. Lass uns das machen, okay?«

»Langsam, langsam. Was sollen wir denn machen?« Oskar hielt verwirrt den Stift in der Hand, mit dem er gerade eine Reservierung notiert hatte.

»Wir bringen hier wieder Schwung in die Bude!«, sagte Flori entschlossen. Er steckte voller Energie. Ein Gefühl, das er schon lange nicht mehr gespürt hatte.

»Lass uns nichts übers Knie brechen, aber ich könnte mir das mit dir wirklich vorstellen«, antwortete Oskar mit leicht skeptischem Unterton.

Am nächsten Morgen drapierte Oskar die gelieferten Semmeln im Körbchen, arrangierte Wurst und Käse auf den matt silbrig glänzenden Servierplatten, ergänzte etwas Petersilie, presste frischen Orangensaft und stellte Erdbeer- und Aprikosenmarmelade auf die Anrichte. Florian war aktuell der einzige Gast. Obwohl sie sich mittlerweile etwas kannten, wollte Oskar nicht weniger professionell agieren. Flori war Gast seiner Pension und so sollte er auch behandelt werden.

Oskar ging zur Theke, wo der Rezeptionslaptop lag. Er klappte das Gerät auf, um sein E-Mail-Konto auf neue Buchungen zu überprüfen. Der Rechner gab einen kurzen Bestätigungslaut von sich, der anzeigte, dass die Synchronisierung mit dem Server beendet war. Es waren keine neuen Nachrichten eingegangen. Nicht mal Spam. Na prima. Er musste sich langsam wirklich etwas einfallen lassen.

Die Tür öffnete sich und Tatjana kam herein.

»Ich wollte nur mal sehen, wie es bei dir läuft. Du hast dich in letzter Zeit so selten gemeldet«, erklärte sie ihren ungewöhnlich frühen Besuch nach einer kurzen Begrüßung.

»Das ist lieb von dir«, antwortete Oskar. »Es geht so. Ich fühle mich momentan etwas überfordert, deswegen hab ich nicht angerufen.«

»Wegen dem Wirtshaus?«

Oskar nickte. »Chris von der Bank hat mir vorgeschlagen, einen Investor ins Boot zu holen. Ich weiß nicht so recht, was ich davon halten soll.«

Tatjana blickte ihn bekümmert an. »Das versteh ich. Gibt es denn noch andere Möglichkeiten?«

»Realistisch? Nein, im Grunde nicht.«

»Na gut, dann musst du das so akzeptieren und das Beste daraus machen, schätze ich.« Sie blickte Oskar an. »Oder was denkst du?«

»Du hast schon recht. Wenn ich nur wüsste, wovor ich so Angst habe.«

»Das ist ziemlich einfach, Oskar. Du führst diese Pension seit Jahren so, wie es deine Eltern gewollt hätten. Nur wird das jetzt nicht mehr funktionieren, so leid es mir tut. Du wirst Veränderungen vornehmen müssen. Und dagegen wehrst du dich. Das ist absolut natürlich. Aber wenn ich dir einen Tipp geben darf: Versuch lieber, die Situation zu gestalten, als sie zu verhindern. Wie du schon sagtest, es wird so oder so passieren.« Tatjana blickte auf ihre Armbanduhr. »Na gut, ich muss los. Sonst müssen meine *Nordic Walking*-Ladys ohne Anleitung laufen. Mach dir nicht zu viele Sorgen, okay?« Sie verabschiedete sich mit einer Umarmung von ihm und verließ die Pension.

Kurz darauf kam Flori die Treppe, die zu den Gästezimmern führte, herunter.

»Hast du dir schon Gedanken gemacht?«, eröffnete Flori das Gespräch, nachdem er sich an den gedeckten Tisch gesetzt hatte.

»Dauernd. Ich kann mich nur noch nicht zu einer Entscheidung durchringen«, antwortete Oskar, der sich ebenfalls an den Tisch setzte und eine Tasse Kaffee eingoss.

»Ich verstehe das. Als ich meine erste größere Investition getätigt habe, war ich wahnsinnig unentschlossen. Das war erstaunlich, weil ich an sich ein sehr entschlussfreudiger Mensch war und bin. Es ist eben doch ein Unterschied, ob man sich ein Paar Schuhe kauft oder ein Hotel, wie in meinem Fall.« Nebenbei halbierte Flori eine Semmel und strich Butter und Marmelade auf beide Hälften. »Nimm dir die Zeit. Gehe es in Ruhe an. Lass dir aber auch gesagt sein, ich hab es bislang nie bereut.« Mit hörbarem Krachen biss er in die Semmel.

Oskar nippte nachdenklich an seinem Kaffee. »Gerade war eine Freundin da, die mich ermutigt hat«, sagte er. »Es ist und bleibt schwierig. Ich kann mir vor allem nicht vorstellen, was da auf mich zukommt.«

»Das weiß man selten im Vorhinein, nicht?«, antwortete Flori vergnügt kauend.

»Für mich ist das hier nicht irgendeine Investition. Ich bin hier aufgewachsen. Meine Eltern haben das aus dem Nichts aufgebaut. Wenn der Betrieb pleitegeht, das wäre eine Katastrophe. Ich will diese Wirtschaft hier um jeden Preis erhalten. Verstehst du?«

Flori nickte.

Eine Weile schwiegen sie. Flori kaute an seiner Semmel. Oskar nippte an seinem Kaffee, den er zwischenzeitlich mit Milch und Zucker versetzt hatte.

»Leidenschaft«, setzte Florian schließlich an. »Das ist doch gut. Leidenschaft ist super. Das ist top Marketing. Leidenschaft und Tradition!«

Oskar sah ihn verständnislos an.

»Ich meine das ernst, Flori!«

»Klar, ich auch. Das zieht. Da beißen die Leute an.«

»Du verstehst das wirklich nicht, oder? Das ist nicht bloß ein Geschäft für mich«, antwortete Oskar.

»Wenn es kein Geschäft ist, wieso arbeitest du dann hier?«

»Weil ich Geld verdienen muss.«

»Aha! Weil du Geld verdienen musst. Jetzt sind wir beim springenden Punkt. Es gibt bestimmt Menschen, die von Leidenschaft und Tradition sehr gut leben, aber das dürften weltweit vielleicht eine Handvoll sein. Für alle anderen geht's ums Geschäft. Darin kannst du dich natürlich auch verwirklichen. Du darfst nur nicht vergessen, dass es nicht nur darum geht. Ab und zu muss man in einen sauren Apfel beißen. Jeder von uns. Überleg's dir.«

Flori stand auf und verließ den Frühstücksraum.

»Was hältst du von Kino? *Wonder Woman*?« Tatjana hatte Oskar eine WhatsApp-Nachricht geschickt.

»Gern. Heute? Würde gehen«, antwortete er knapp.

Sie antwortete mit einem Daumen-nach-oben-Symbol.

»Ich hol dich ab«, schrieb er.


Wenige Stunden später – es wurde langsam dunkel – saßen sie in Oskars Auto auf dem Weg nach Deggendorf. Oskar hatte das Gespräch vom Morgen aufgegriffen und ihr von Flori erzählt.

»Das klingt doch gar nicht so schlecht, oder?«, sagte Tatjana.

»Mit Flori könnte ich mir diese ganze Investorensache noch am ehesten vorstellen.«

»Dann lass den Gedanken noch ein paar Tage auf dich wirken. Vielleicht freundest du dich ja doch noch damit an.«

Das Autoradio rief in einem Song dazu auf, den Donner zu fühlen, was angesichts des wolkenlosen Himmels keine leichte Aufgabe war.

»Na ja, reden wir nicht mehr darüber. Ich will den Kopf freibekommen. Da ist so eine Comicverfilmung genau das Richtige.«

Zwei Stunden, einen Eimer Popcorn und zwei Cola später saßen sie erneut im Auto, diesmal auf dem Rückweg.

»Weißt du, immer wenn ich so Aufnahmen seh wie auf der Insel am Anfang vom Film, da bekomm ich sofort Fernweh.«

»Ich auch, Tatjana. Wär schon gut, mal ein wenig rauszukommen. Einfach das Leben genießen. Aber daraus wird wohl erst mal nichts.« Oskar seufzte.

»Ich meine, wofür arbeiten wir denn die ganze Zeit? Für nichts und wieder nichts!«

»Na, ganz so ist es auch nicht.«

»Na ja, vielleicht nicht.«

Sie schwiegen, während der Wagen auf der nächtlichen Bundesstraße dahinglitt.

Plötzlich erschien ein Reh auf der Fahrbahn. Oskar verzog vor Schreck das Lenkrad. Der Wagen scherte nach links auf die Gegenfahrbahn. Das Reh floh mit einem weiten Sprung gerade rechtzeitig vor der Metallkarosse. Oskars Hände vollführten eine Gegenbewegung und brachten das Auto wieder auf die rechte Fahrbahn.

Oskar trat erschrocken auf die Bremse.

»Boah, das war knapp!«, entfuhr es Tatjana, die sich instinktiv an der Tür festgekrallt hatte.

»Weißt du, genau das mein ich: Es kann so schnell vorbei sein«, sagte Tatjana bestimmt.

Am Fahrbahnrand erschien eine Bushaltestelle. Oskar bremste erneut und hielt das Auto an.

Seine Hände zitterten.

»Hast du was gegen eine kurze Pause? Ich hab mich richtig erschrocken«, fragte er.

»Kein Problem. Komm, wir gehen ein paar Meter.«

Sie stiegen aus und Oskar verriegelte den Wagen.

Einige Meter neben der Bushaltestelle sprudelte ein kleiner Bach im Vollmond durch die Landschaft. Sie setzten sich mit dem Rücken zur Fahrbahn auf die Leitplanke und schauten dem mäandernden Bächlein zu.

Schwiegen.

Beruhigten sich.

Genossen den Moment.

»Weißt du, es kann so schnell vorbei sein. Und ich würde dir nicht gesagt haben, dass ich mich in dich verliebt habe«, sagte Tatjana wie aus dem Nichts.

Oskars Herz setzte einen Moment aus.

»Was?«

Tatjana beugte sich zu ihm herüber und küsste sein irritiertes Gesicht.

\*\*\*

Randy kam, wie üblich, als Letzter zum montäglichen Familienessen. Er hatte Besuch im Schlepptau.

»Bom dia, familia! Ich habe meine lieben Freunde aus Portugal zu Besuch!«, begrüßte Randy seine Verwandtschaft. Neben Oskar waren Onkel Sepp, seine Frau Edeltraud, Simone, Oskars Schwester, und Flori um den großen Tisch versammelt.

»Ein paar hungrige Mäuler mehr oder weniger machen doch nichts, hoffe ich?«

Oskar blickte einen Moment verwundert drein, stand dann aber auf, um den Mann und die Frau in bunten, selbst gebatikten Kleidern zu begrüßen.

»Sehr erfreut.« Er schüttelte beiden die Hände. »Natürlich haben wir nichts dagegen. Setzt euch doch.«

Randy brachte häufiger irgendwelche Leute mit, die gelegentlich auch im Gasthaus nächtigten. Manche zahlten sogar. Oder gaben zumindest einen kleinen Unkostenbeitrag.

»Woher kennt ihr euch?«, versuchte Oskar das Gespräch in Gang zu bringen, als die beiden zusätzlichen Gäste und sein Bruder sich um den Tisch drapiert hatten und mit Knödeln und Soße versorgt waren. Den Schweinebraten lehnten die Gäste mit Hinweis auf ihre vegane Ernährung ab, was Onkel Sepp nicht unkommentiert ließ: »Dann wollt ihr doch bestimmt wenigstens ein paar Würstel, wenn ihr schon kein Fleisch esst, hm?« Seine Frau Edeltraud schickte ihn daraufhin postwendend mit einem vernichtenden Blick zum Getränkeholen.

»Vor dir sitzen zwei Helden von Wackersdorf!«, begann Randy zu erklären. »Vicky und Joschka waren damals sehr aktiv in der Bewegung.«

Wenn Randy von *der Bewegung* sprach, bekam er immer leuchtende Augen. So ganz hatte Oskar noch nicht herausgefunden, worum es genau ging. Irgendetwas aus Randys Studentenzeit.

»Die zwei haben die freie Oberpfalz initiiert und damit den Grundstein für den friedlichen Protest gelegt.«

Der Mann, Joschka, nickte nachdenklich, während die Frau, Vicky, relativierte: »Ach, so kannst du das nicht sagen, Randy. Du übertreibst. Wir haben nur von unserem Bürgerrecht Gebrauch gemacht und dem Staat mitgeteilt, dass wir gegen diese Wiederaufbereitungsanlage sind. Wer hätte gedacht, dass daraus so eine große Sache wird?«

Oskar hatte immer wieder von Wackersdorf gehört. Je nachdem, mit wem man sprach, war es entweder *eine Schande* oder *ein Riesenschritt* gewesen. Für ihn war es etwas, das vor seiner Zeit passiert war. Nicht mehr und nicht weniger.

»Entschuldigt meine Unwissenheit, aber was ist bitte die freie Oberpfalz?«, erkundigte sich Simone.

»Die freie Oberpfalz, meine liebe Schwester, war der Beginn. Der Prototyp. Die Blaupause. Wir, das heißt der zivile Widerstand, haben uns aus Baumstämmen Hütten im Taxöldener Forst gebaut und dort kampiert. Im Winter! Kannst du dir vorstellen, wie kalt das war? Und das haben wir für dich getan! Für deine Bürgerrechte! Gegen Atomkraft! Und für eine saubere Umwelt! So was kümmert heute ja keinen mehr.«

Randy war jetzt in seinem Element.

»Der totale Wahnsinn! Die Leute haben uns alles Mögliche vorbeigebracht. Essen, Decken, Brennholz. Dann hat uns die rohe Staatsgewalt plattwalzen wollen. Die bayerische Regierung wollte dieses Aufbereitungslager unbedingt durchdrücken und hat die Polizei mit Tränengas und Wasserwerfern geschickt. Da haben die sich allerdings sauber verrechnet. Nicht mit uns!«

»Mag noch jemand einen Knödel?«, unterbrach Edeltraud die Ausführungen und fasste Randys Arm etwas fester als nötig.

Der verstand den Hinweis.

»Na ja, jedenfalls haben wir uns da kennengelernt«, fügte er kleinlaut hinzu.

»Was die Motive angeht, da hat Randy recht«, bekräftigte Joschka. »Aber das sind alles olle Kamellen. Sind wir froh, dass Wackersdorf nicht gebaut wurde. Für uns Atomkraftgegner war es trotzdem ein wichtiger Erfolg. Na ja, aber das sind andere Zeiten. Jetzt steigt Deutschland sowieso aus. Da können wir schon ein wenig stolz sein.«

Er lächelte seiner Begleiterin zu. »Mit diesen politischen Dingen haben wir nicht mehr allzu viel am Hut. Unser neues Zuhause ist jetzt seit gut zwanzig Jahren Portugal.«

»Und von was lebt ihr da?«, wollte Simone wissen. Sie interessierte sich schon immer für die pragmatischen Details.

»Ach, man braucht gar nicht so viel«, führte Vicky aus. »Den Winter kann man sowieso nicht mit dem deutschen Winter vergleichen. Das heißt, man spart schon mal die Heizkosten. Warmes Wasser kommt aus der Solaranlage. Die hat Joschka selber gebaut. Und das meiste Essen bauen wir an oder tauschen unser Gemüse mit dem der anderen. Es gibt ja eine prächtige Community in Portugal. In den 70ern und 80ern sind so viele Leute rübergezogen, und ein guter Haufen ist noch da. Das funktioniert ganz gut.«

»Neuerdings haben wir noch ein weiteres Standbein. Wir vermieten unsere Wiese als Campingplatz an Surfer. Das boomt gerade richtig. Und sind auch echt nette Leute, die da kommen. Junge Familien und so«, ergänzte Joschka.

»Surfer?« Flori hatte sich eingeschaltet.

»Das gleicht im Sommer teilweise einer Invasion. Und wird in den letzten Jahren immer mehr. Eine unserer befreundeten Familien zieht sogar regelmäßig aus ihrem eigenen Haus aus, um es vermieten zu können. Die wohnen dann selber auf dem Campingplatz«, erläuterte Joschka.

»Das ist ja interessant. Hatte ich gar nicht so sehr auf dem Schirm.« Flori kratzte sich nachdenklich am Kinn.

Ski fahren wurde durch den Klimawandel immer unattraktiver, für echtes Bergsteigen waren die Berge in der Region zu klein. Somit fielen auch die sonstigen alpinen Betätigungen aus, sprich Gleitschirmfliegen, Base Jumping,

Canyoning und so weiter. Wasser gab es aufgrund des eigenen Sees genug, aber zu wenig Wind für Kite- oder Windsurfen.

»Zu dumm, dass die Pension nicht am Meer liegt«, murmelte er. »Aber es gibt doch künstliche Wellen. Kennt ihr euch da zufällig aus?«

Joschka schüttelte den Kopf. »Es ist zwar ganz nett, mal mit den Leuten bei uns zu plaudern, aber von dem Sport verstehen wir nicht viel. Wir können denen mittlerweile gute Wellen zeigen, aber mehr auch nicht.«

»Schade. Hm, aber vielleicht ist das trotzdem eine Idee.«

Floris Augen leuchteten. Er hatte das Gefühl, dies könnte genau der Impuls sein, der noch gefehlt hatte.


Es war acht Uhr abends, als Flori sein Zimmer verließ und nach unten kam. Oskar stand hinter der Theke und spülte ein paar Gläser.

»Hey Flori, na?«

Flori grinste. »Ich hab's!«, sagte er. »Ich hab unser Projekt! Das, was die Leute herbringen wird.« Sein Grinsen wurde noch breiter.

»Und was ist es?« Oskar war neugierig.

Flori klappte sein Notebook auf. »Hier, schau mal. Das hier ist in Nordwales.« Er klickte den Startknopf eines Videos.

Auf dem Display erschien eine gefleckte Landschaft. Bewaldete Hügel wechselten sich mit grünen Wiesen ab. Es war aus der Vogelperspektive gefilmt. Die Kamera ging nun tiefer und flog auf ein großes Bassin mit grünlichem Wasser zu, in dessen Mitte ein wuchtiger Eisensteg hinter einem Maschendrahtzaun versteckt war. Plötzlich entsprang aus dem hinteren Ende des Bassins, direkt am Eisensteg, eine Welle. Zwei Surfer, je einer pro Seite des Stegs, paddelten wie verrückt, hopsten auf ihre Bretter und begannen, die Welle zu reiten.

»Oh, wow, heilige Scheiße!«, entfuhr es Oskar.

Flori grinste. »Ganz genau«, sagte er. »Und weißt du, wo sich das befindet? Im Snowdonia Nationalpark! Das ist quasi genau die gleiche Gegend wie hier. Nur eben in Wales. Das können wir eins zu eins genauso machen! Optimaler könnt's gar nicht sein.«

»Wir verstehen doch beide nix vom Surfen«, wandte Oskar ein.

»Das lässt sich alles recherchieren und lernen. Als ich mit der Hotellerie angefangen habe, wusste ich auch nichts vom Gastgewerbe. Wir müssen schauen, wie stark der Surfsport in Deutschland oder Mitteleuropa überhaupt ist. Ich bin mir sicher, die Leute fahren ein paar Kilometer, um sich so was mal anzuschauen. Da kann man schon ein Einzugsgebiet von 500 Kilometern annehmen, wenn's reicht. Das ist die Idee!«

Er tippte bei jedem Wort mit dem Finger auf das Display. »Ganz genau das ist die Idee.«

\*\*\*

»Ich hab mich schlaugemacht. Surfen ist definitiv im Kommen. 2013 gab es in Deutschland ungefähr 1,9 Millionen Surfer. Was schon recht viel ist, finde ich. Das ist bis 2017 auf 2,4 Millionen gestiegen. Im Rest Europas ist das längst eine Riesenindustrie. Deutschland ist da etwas hinterher. Gut, gibt ja auch nicht viele Plätze zum Surfen hier, aber das können wir ändern.« Flori war euphorisch.

Er befand sich mit Oskar in der Gaststube des Salzsteigs. Der Kontrast konnte kaum stärker sein. Sie saßen auf einer alten, durchgesessenen, bayerischen Wirtshausbank und unterhielten sich über eine junge, hippe Trendsportart.

»Für die Vermarktung hab ich mir auch schon was ausgedacht. Pass auf, gerade der Bayerische Wald und seine Bewohner sind ja für Gemütlichkeit bekannt. Das trifft sich gut. Die Surfer wollen gemütlich mit ihren Freunden Zeit verbringen, wenn sie nicht auf dem Brett stehen. Dazu noch eine gute vegetarisch-vegane Küche und bam.« Beim letzten Wort schlug er mit seiner Faust in die Hand. »Das wird der Wahnsinn.«

Oskar blieb skeptisch. »Schau dich doch mal hier um. Sieht hier irgendwas für dich nach Surfen aus? Ich kenne nicht mal wen, der das macht.«

»Was ich hier sehe, ist ein leeres Gasthaus und ein Wirt, der sich bald was einfallen lassen muss. Außerdem sehe ich eine eigene Wasserversorgung, viel Platz und ein möglicherweise funktionierendes Konzept. Ist das was Neues? Natürlich. Werden dich die Leute für verrückt erklären? Aber hallo! Trotzdem, es kann funktionieren, das zeigt die Anlage in Wales. Lass es uns einfach mal genauer in Augenschein nehmen.«

Flori konnte sich nicht erinnern, wann er sich zuletzt so lebendig gefühlt hatte. Er hatte seinen Biss wieder. Er konnte hier etwas erreichen. Oskar würde ihm noch dankbar sein. »Also überleg's dir. Ich bin bereit, das hier mit dir zu machen. Ohne dich kann ich es nicht machen. Genau hier ist der perfekte Platz. Hier ist alles, was wir für so ein Ding brauchen. Wenn du nicht nein sagst, dann reise ich zu dieser Anlage aus dem Video und seh mir das vor Ort an. Vielleicht kriege ich auch schon raus, wer das Ding gebaut hat. Vielleicht gibt's da noch mehr Anbieter, keine Ahnung. Das sind natürlich viele Unbekannte. Ich würde dir bei der Projektplanung und Finanzierung helfen. Verdammt, ich hab einfach Lust, das zu machen.«

Oskar zögerte. Andererseits, vielleicht war es wirklich einen zweiten Blick wert, wer weiß? »Okay«, sagte er. Und nach einigen Sekunden fügte er hinzu: »Aber investier nicht zu viel. Ich bin bereit, mir das zu überlegen. Das heißt nicht, dass das wirklich unser Projekt wird.«

So buchte Flori einen Flug nach Manchester und einen Mietwagen, um die Distanz von dort zum Snowdonia Nationalpark zu überwinden. Er würde sich vor Ort eine Unterkunft suchen. So ausgebucht würde die Region schon nicht sein, dass ein einzelner Reisender nicht noch eine Nacht dort verbringen konnte. Als absolute Notlösung konnte er auch im Auto übernachten.

Am Flughafen München überbrückte er die Wartezeit mit Recherchen. Er fand heraus, dass die Anlage in Wales im Jahr 2015 insgesamt 12 Millionen Pfund gekostet hatte und auf einem Prototyp der spanischen Firma Wavegarden aus San Sebastian basierte. Die Betreiber gingen von etwa 70.000 jährlichen Besuchern aus. Da auf dem Gelände vormals eine Industrieanlage gestanden hatte, war ein beträchtlicher Teil des Budgets für die Dekontaminierung des Erdreichs angefallen. Allerdings konnte für den Bau Stahl und Eisen aus den Industrieanlagen wiederverwendet werden, was den Gesamtbetrag wieder gedrückt hatte. Flori beschloss, bezüglich der Kosten bei den 12 Millionen Pfund beziehungsweise 13,5 Millionen Euro zu bleiben. Das war eine ziemliche Hausnummer, aber nicht unmöglich.

Die Anlage war 300 Meter lang und 110 Meter breit und fasste 22 Millionen Liter Wasser. Konnte das ein Problem werden? Wie groß war der See neben Oskars Wirtshaus? Und wie stark der Zufluss?

Der Wellengenerator wurde von einem zwei Megawatt starken Motor angetrieben. Zusätzlich gab es eine Anlage, die das Wasser mit UV-Strahlung reinigte, sodass kein Chlor verwendet werden musste.

Derzeit arbeiteten etwas über 100 Menschen im gesamten Betrieb, wobei fast die Hälfte in der Gastronomie beschäftigt war. Im Vergleich zu den derzeitigen zehn Beschäftigten des Salzsteigs handelte es sich dabei um neue Dimensionen, das war klar. Ob Oskar damit zurechtkäme? Oder sollten sie die Anlage kleiner anlegen? Dann würde möglicherweise aber auch die beabsichtigte Sogwirkung eines solchen Prestigeprojektes ausbleiben. Die Mund-zu-Mund-Propaganda. Das *Hast du schon gesehen?*.

Flori stieß auf zwei weitere Anbieter für künstliche Wellen, beides amerikanische Firmen. *Wave Loch* und die *Kelly Slater Wave Company*. Kelly Slater war im Surfen wohl so etwas wie Roger Federer im Tennis. Flori erinnerte sich, den Namen zuvor gehört zu haben.

Er notierte sich, dass er für die Auswahl der Technologie mehr Informationen sammeln musste. Auch die Frage des Energiebedarfs war zu klären. Idealerweise könnte der Motor rein durch erneuerbare Energien betrieben werden. Aber ging das? Sie würden vermutlich einen Batteriespeicher oder etwas Ähnliches brauchen. Vielleicht konnten sie mit Tesla kooperieren? Das würde sicherlich gute PR bringen. Oder ein Pumpspeicherkraftwerk?

Das würde ein fantastisches Projekt werden. Sie konnten mit dieser Anlage die ganze Region aufwerten. Vielleicht ließen sich außerdem Sponsoren oder öffentliche Fördermittel auftreiben? Bestimmt gab es Projektplaner, die ihnen hier behilflich sein konnten.

Flori verstaute seinen Laptop, als das Boarding für seinen Flug nach Manchester begann. Einige Minuten später befand er sich bereits in der Luft.

Als er den Flugmodus seines Telefons nach der Landung deaktivierte, begrüßte ihn seine Mailbox mit der Benachrichtigung über einen entgangenen Anruf. Es war Floris Scheidungsanwalt, der sich erkundigte, wann er wieder in den Vereinigten Staaten sei. Er hatte über der Beerdigung und dem Surfprojekt ganz vergessen, sich um diese Angelegenheit zu kümmern. Hatte es nur allzu gern verdrängt, wie er sich eingestehen musste. Flori fluchte leise. Er würde sich später bei ihm melden.

Zunächst nahm er seinen Mietwagen, diesmal mit Automatikschaltung, in Empfang und gab dem Navigationsgerät Dolgarrog als Ziel vor. Für die knapp 130 km lange Strecke würde er eineinhalb Stunden brauchen. Nachdem er Manchester aufgrund des ungewohnten Linksverkehrs vergleichsweise langsam verlassen hatte, wählte er schließlich doch die Nummer seines Anwalts in Atlanta. Er konnte genauso gut jetzt mit ihm reden. Zeit hatte er.

»Guten Tag, Herr Berthold, sehr freundlich, dass Sie zurückrufen«, begrüßte ihn der Anwalt.

»Guten Tag auch, hören Sie, können wir das weitere Vorgehen telefonisch besprechen? Es hat sich eine geschäftliche Möglichkeit hier in Europa aufgetan und ich würde nur ungern Zeit im Flieger verschwenden.«

»Sicher, sicher, das ist gar kein Problem. Sollen wir einen Termin veranschlagen? Oder haben Sie gerade Zeit? Ich habe so weit alle Informationen parat.«

Flori überlegte kurz, dann willigte er ein, das Gespräch gleich zu führen. Je früher, desto besser, dachte er.

»Nun, wie Sie sich sicherlich erinnern, haben Sie und Ihre Frau Gütertrennung vereinbart. Entsprechend sollte für die meisten Dinge relativ einfach zu bestimmen sein, wem sie nach der Scheidung gehören. Allerdings«, er zögerte ein wenig, »hat sich der Anwalt der gegnerischen Partei mit uns in Verbindung gesetzt. Es geht um Ihre Beteiligung bei der *Grand Hospitality*.«

War ja klar. Das war schließlich mit Abstand das Wertvollste, was er besaß.

»Die gegnerische Partei vertritt den Standpunkt, dass Ihnen an Ihrem gemeinsamen Anteil an der *Grand Hospitality*, der derzeit einem Wert von etwa neun Millionen Dollar entspricht, etwa fünf Prozent zustehen. Der Anwalt Ihrer Frau hat uns Einsicht in die relevanten Akten gegeben. Wir haben den Fall selbstverständlich gründlich geprüft. Aber ich fürchte, da können wir nicht viel machen. Sie haben sich ursprünglich mit fünf Prozent eingekauft. Also gehören Ihnen jetzt auch nicht mehr.«

Flori legte eine Vollbremsung hin. Der Wagen kam schlingernd am linken Fahrbahnrand zum Stehen. Hatte er das richtig verstanden? Diese miese Ratte! Nicht genug, dass sie ihn mit diesem Windhund Nightingale betrogen hatte. Jetzt wollte sie ihn auch noch über den Tisch ziehen.

»Moment! Wir haben uns doch als Paar gemeinschaftlich in das Projekt eingebracht. Ja, Jessy hat finanziell mehr beigetragen, aber ich habe auch mit meinem Namen für das Unternehmen gestanden. Zählt das nichts? Ich habe in den Anfangsjahren extra wenig Gehalt bezogen, damit wir über die Runden kommen. Das kann doch nicht wahr sein.«

»Nun, wie es aussieht, also«, druckste der Anwalt herum. »Ihr guter Name zählt als immaterieller Wert nicht viel. Und dass Sie weniger Gehalt bezogen haben, zeigt Ihren guten Willen, ist aber nirgends verbrieft. Das ist nichts, womit wir vor Gericht argumentieren könnten.«

»Und ist das schon final? Ich meine, da kann man nichts mehr machen? Das können wir dieser hinterhältigen Bazille doch nicht durchgehen lassen!« Flori krallte seine Finger fest ins Lenkrad.

»Was die Verhandlungen angeht, sind sie so weit abgeschlossen. Sie haben natürlich jederzeit das Recht, eine weitere Kanzlei hinzuzuziehen. Allerdings bin ich mir sehr sicher, dass auch die nichts ausrichten kann. Der Fall ist, wie man so sagt, eindeutig. So leid es mir tut.«

»Ich melde mich wieder.« Flori drückte auf die rote Fläche des Displays, die das Gespräch beendete.

»Fuck!« Damit schlug er auf das Lenkrad ein. »Fuck, fuck, fuck!«

Was dachte Jessy sich dabei? Das konnte er auf gar keinen Fall hinnehmen.


Als Flori endlich das Ortsschild von Dolgarrog passierte, hatte er seine Gedanken und Emotionen halbwegs sortiert. Er beschloss, Jessy bei nächster Gelegenheit anzurufen. Sie musste doch zur Vernunft zu bringen sein. Im Grunde hatten sie kein so schlechtes Verhältnis. Falls sie ihn auf diesem Wege aus der *Grand Hospitality* drängen wollte, hatte er gute Neuigkeiten: Er wollte das Unternehmen so oder so verlassen. Nur eben zu einem angemessenen Preis, und nicht mit einem Arschtritt als Dankeschön.

Das Dörfchen Dolgarrog bestand im Wesentlichen aus einer lang gezogenen Straße, an der niedrige, grob verputzte Einfamilienhäuser standen. Flori fuhr hindurch, bis er am Parkplatz des *Surf Snowdonia Adventure Parc* ankam. Er schloss den Wagen mit seiner Funkfernbedienung ab und ging in Richtung des mit Holzbrettern befestigten Weges, der zwischen den wenigen Gebäuden verlief.

Die Anlage war nicht so groß, wie er gedacht hatte. Sie bestand aus einem Restaurant, einem Surfshop, einer übersichtlichen Fun-Area mit Sprungkissen und Geschicklichkeitsparkour und natürlich der Hauptattraktion: dem Wavepool. Dieses Herzstück war von überall gut einsehbar, sodass Eltern ihren Nachwuchs entspannt bei einem Getränk oder Nachmittagssnack im Blick haben konnten. Das war sehr gut gelöst, fand Flori.

Er blieb vor dem Hindernisparkour stehen, in dem gerade eine Handvoll Jugendlicher ihren Spaß hatte. Ein Junge in schwarzem Neoprenanzug versuchte mithilfe einer Kletterwand ein etwa drei Meter breites Wasserloch zu überqueren. Ein weiterer Teenager und ein Mädchen feuerten ihn an. Zittrig bewegte er sich von Griff zu Griff und stakste hölzern mit beiden Beinen hinterher. Es fehlte nur noch ein halber Meter. Plötzlich rutschte seine linke Hand ab, er verlor das Gleichgewicht und landete mit lautem Platschen im Wasser. Seine beiden Begleiter bogen sich vor Lachen. Auch Flori konnte sich ein Grinsen nicht verkneifen. Er drehte sich einmal um die eigene Achse, um einen besseren Gesamteindruck zu bekommen. In der Ferne ließen sich Indianer-Tipis erahnen. Dort befand sich also der Campingbereich.

Flori schlenderte die paar Meter zum Wavepool, um sich die Installation, wegen der er hauptsächlich hier war, näher anzusehen.

Es handelte sich im Grunde um einen nicht allzu tiefen künstlichen See. Den Surfern in ihren Neoprenanzügen stand das Wasser etwa bis zum Bauchnabel. Flori zählte fünf, die in dem bräunlichen Wasser auf die nächste Welle warteten.

Plötzlich fuhr der Schlitten in der Mitte der Anlage los, das Wasser hob sich und tatsächlich: Eine Welle baute sich auf. Der Reihe nach versuchten die Surfer ihr Glück. Der Erste paddelte los, als sich ihm das aufgetürmte Wasser von hinten näherte. Gerade, als ihn die Welle zu verschlucken drohte, drückte er sich mit den Armen vom Brett ab und stand einen Wimpernschlag später leicht gehockt auf seinem Board. Das Brett ein wenig schräg gestellt ritt er auf den sich bewegenden Wassermassen.

Das sah gar nicht besonders schwer aus, dachte Flori. Er würde es auf jeden Fall probieren.

Nun erreichte die Welle eine weitere Surferin. Ihre langen Haare klebten an ihrem Neoprenanzug. Sie paddelte wie wild mit den Armen und ebenso wie ihr Kollege zuvor stand sie plötzlich auf dem Brett und federte auf der Welle nach oben und unten. Flori erinnerte es an Delfine, die man häufig in Dokumentationen neben den Booten der Kameraleute spielerisch auf und ab gleiten sah.

Die drei übrigen Surfer schienen sich noch am unteren Ende der Lernkurve zu befinden. Die Welle erreichte sie erst relativ spät, als die beiden anderen bereits ihr Spiel beendet hatten.

Einer schaffte es – mit Mühe und wackligen Beinen, aber immerhin – sich auf dem Brett stehend ein paar Meter von der Welle mitnehmen zu lassen. Die beiden anderen platschten bereits beim Versuch, sich auf ihre Boards zu stellen, seitlich ins Wasser. Sie waren noch weit von der Eleganz der beiden ersten Wellenreiter entfernt.

Flori ließ sich nicht einschüchtern: Er würde es versuchen.

Einige Augenblicke später wiederholte sich das Schauspiel. Der Pflug fuhr mit technischer Präzision durchs Wasser und erzeugte eine kräftige, gleichmäßige Welle. Flori sah dem Treiben staunend zu.

Natürlich, es war nur ein menschlicher Versuch, das unvergleichliche Schauspiel der Natur zu imitieren, aber auch die ersten Flugmaschinen waren ein solcher Versuch gewesen. Wobei die Auswirkungen dieser Erfindung, wenn er ehrlich war, nicht mit denen des Flugzeugs zu vergleichen waren. Trotzdem. Der menschliche Einfallsreichtum erstaunte ihn stets aufs Neue.

Der mittlere Steg, auf dem der Pflug seine Arbeit verrichtete, war durch einen Zaun gesichert, sodass niemand in direkten Kontakt mit der Maschine kommen konnte. Die Ränder der Lagune muteten durch sandfarbene Planen entfernt an einen Strand an.

Flori ging nochmal die paar Meter zur Fun-Area zurück. Jetzt wusste er, woran ihn die Hindernisse der *Crash & Splash*-Anlage erinnerten: Takeshi's Castle, jene japanische Fernsehserie, in der Mitte der 90er-Jahre Heerscharen von Amateuren rutschige und bewegliche Hindernisse zu überwinden hatten. Gelang das nicht, landeten sie spektakulär im Wasser.

Neben der Kletterwand und verschiedenen Balanceaufgaben fand sich hier ein sehr großes Plastikkissen. Ein Junge saß gerade am Rand des Kissens. Ein weiterer stieg auf den etwa zwei Meter hohen Turm, wartete einen Moment ab. Sein Freund signalisierte ihm vom Kissen aus, dass er springen solle. Der zweite Junge zögerte.

»Sei nicht so ein Weichei, spring!«, rief der Untere.

Der Obere stieß sich von der Plattform ab. Mit einem kurzen Schrei entlud sich seine Anspannung. Dann ploppte er in das Luftkissen. Durch den Aufprall wurde sein Freund am anderen Ende des Luftballons nach oben geschleudert. Er ruderte mit Armen und Beinen und jubelte vor Freude. Mit einem lauten Platschen landete er schließlich im Wasser. Prustend tauchte er auf und grinste seinen Kumpel an.

»Das ist so super!«, rief er.

Flori blickte sich um und bemerkte das viereckige, verglaste Restaurant. Es war spät geworden und sein Bauch meldete sich. Er würde noch einen Happen zu sich nehmen und sich dann um ein Nachtquartier kümmern.

Im Restaurant bestellte er ein Sandwich und eine Limo. Die Kellnerin verriet ihm, dass es bei den Tipis, die er zuvor aus der Ferne gesehen hatte, auch einige Holzhäuschen gab, in denen man übernachten konnte. Vielleicht wäre für diese Nacht noch etwas frei. Komplett ausgebucht wären sie selten.

Frisch gestärkt versuchte er sein Glück bei der Rezeption des Campingplatzes. Und tatsächlich waren einige der Hütten frei.

Mit einem Schlüssel umrundete Flori die kleine Lagune, die mittlerweile ruhig und menschenleer dalag, und stand vor einer ganzen Reihe rundlicher, putziger Holzhäuschen. Mit ihrer runden Ei-Form verbreiteten diese Hütten automatisch gute Laune. Weniger lustig fand Flori allerdings, dass auf den sich darin befindlichen Matratzen keinerlei Kissen oder Decken zu finden waren. Nun gut, dann musste es eben mit Jacke und sonstigen Kleidungsstücken gehen. Eigentlich klar, es war ja eine Campinghütte.

Um keinen Augenblick zu vergeuden, streunte Flori vor dem zu Bett gehen nochmals über die Anlage. Irgendwie war es schon absurd, inmitten der sanften Hügelketten eines Nationalparks so eine Apparatur aufzubauen. Aber hey, die Nachfrage war wohl vorhanden.

Er hatte bei seinen Recherchen gelesen, dass die Stromproduktion für die Anlage durch erneuerbare Energien gedeckt war. Das würden sie schon allein aus Imagegründen auf alle Fälle auch für die Anlage in Spiegelöd machen müssen. Der Surfpark hier brachte auch einige Arbeitsplätze in eine strukturschwache Gegend. Das konnten sie ebenfalls als Argument im Genehmigungsprozess anführen, sollte sich die Gemeinde querstellen. Der Nationalpark Bayerischer Wald war schön, aber nicht gerade mit Arbeitsplätzen gesegnet.

Auch deswegen mussten sie sich ein Planungsbüro vor Ort suchen. Flori beschloss zudem, den Namen des Architekten für die walisische Anlage herauszufinden. Vielleicht ließe sich durch eine Kooperation Zeit und Geld sparen.

Der Gedanken an Geld versetzte ihm einen kurzen Stich. Er musste mit Jessy sprechen. Vorher aber schoss er einige Fotos und nahm ein kurzes Video mit seinem Smartphone auf. Mit den besten Grüßen schickte er sie an Oskar.

Jessy. Was sollte er ihr sagen? Er hasste es, als Bittsteller auftreten zu müssen. Und wenn er den Anruf noch einen Tag hinausschob? Andererseits, was sollte sich ändern? Flori beschloss, dass ihm bis dahin vielleicht eine bessere Taktik für das Gespräch einfallen würde, der Anruf also noch warten konnte.

Er setzte sich auf die Bank vor seiner Holzhütte und genoss den Sonnenuntergang. Das schwächer werdende Sonnenlicht vergoldete die bewaldeten Hügel der Umgebung. In der Lagune war inzwischen Ruhe eingekehrt. Nach der fröhlichen Betriebsamkeit des Nachmittags sagten sich jetzt Fuchs und Hase gute Nacht.

Die Hütten schienen tatsächlich nur mäßig ausgebucht. Zumindest bemerkte Flori nur vereinzelte Camper, die sich in eines der Häuschen verzogen. Aus der Ferne hörte er Grillen zirpen.

Erst, als sein Hals kribbelte und er sich schütteln musste, bemerkte Flori, wie kalt es geworden war. Er ging in sein Häuschen. Die Hütten waren ausgesprochen spartanisch ausgestattet. Im Hauptraum befanden sich zwei Matratzen, immerhin leicht erhöht anstatt nur auf dem Boden. Dahinter gab es noch einen Raum, der entweder als weiterer Schlafraum – etwa für Kinder – oder als Umkleide genutzt werden konnte. Das war's.

Einen kurzen Abstecher in die Gemeinschaftsduschen später lag Flori, aufgeheizt vom warmen Wasser, in seinem Bett, komplett angezogen, inklusive Jacke, und fühlte sich in seine Jugend zurückversetzt.

»Was soll's?«, dachte er und schlief ein.

Oskars Telefon vibrierte. Er hatte die Wirtsstube bereits abgesperrt, saß nun nach getaner Arbeit auf seiner Couch. Er griff nach dem Smartphone. Flori hatte ihm Eindrücke aus Wales geschickt. Er sah sich das Video an. Es war einfach ein See mit einer eisernen Vorrichtung in der Mitte. Nicht mehr, nicht weniger.

Oskar wusste immer noch nicht so recht, was er von der Idee halten sollte. Konnte es überhaupt einen größeren Widerspruch geben? Ein Nationalpark, in dem man die Natur weitgehend sich selbst überließ, sich nicht einmischte – und dann setzte man ausgerechnet dort einen Funsport-Komplex mit Wellen, die dort nicht vorgesehen waren, rein? Nur, um damit Geld zu verdienen? Aber allem Anschein nach ließen sich die beiden Welten vereinen. Zumindest in Wales.

Im Video erläuterte Flori, dass die Anlage gut besucht sei und zeigte mit ein paar Kameraschwenks die Ausmaße. Oskar hatte sich den Komplex größer vorgestellt. Vielleicht lag darin die Kunst? Das Ganze nicht zu groß werden zu lassen? Aber würden dann noch genug Leute kommen? Es würde in jedem Fall eine Gratwanderung werden. So sie dieses Projekt überhaupt ernsthaft in Angriff nahmen.

Er nahm sein Notebook und recherchierte. Surfen war eine große Industrie. Es gab weltweit eine Vielzahl an Surfschulen. Halbwegs vernünftige Wellen vorausgesetzt. Selbst an Orten, an denen man es nicht vermutete. In Dänemark beispielsweise. Somit war aber auch klar, wieso er nichts davon mitbekommen hatte. In Mitteleuropa konnte man kaum weiter vom Meer entfernt sein. Sollte genau das ihr Vorteil sein? Mal eben am Wochenende surfen gehen? Für Münchner oder Wiener eine Utopie. Von der Eisbachwelle in München abgesehen. Ein paar ähnliche, künstlich angelegte Wellen schien es noch zu geben, in Bratislava etwa oder auch im nahen Plattling.

Soweit Oskar erkennen konnte, konnten darauf jeweils maximal ein bis zwei Surfer gleichzeitig reiten. Es gab auch keine Infrastruktur in Form von Gastronomie, Boardverleih oder Surfschule. Es handelte sich also nicht um Konkurrenz.

Weltweit befanden sich mehrere Anlagen im Bau, die 2018 eröffnet werden sollten. Vielleicht war jetzt genau der richtige Zeitpunkt?

Blieb die Frage, wie das finanziell zu stemmen sein sollte. Und was wohl seine Eltern von so einem Vorhaben gehalten hätten. Oskar wollte das Gasthaus in ihrem Sinne weiterführen. Ob sich eine künstliche Surfanlage damit vertrug? Puh. Schwierig. Ihr oberstes Ziel wäre sicher gewesen, den Gasthof zu erhalten und Gäste in den Bayerischen Wald zu locken. Das würde er mit diesem Projekt wahrscheinlich schaffen. Aber besonders sein Vater war immer bestrebt gewesen, den Gästen die Wunder dieser Landschaft zu zeigen. Sie für die Natur zu begeistern. Konnte das mit einem Kunstprodukt funktionieren? Er wollte die nächsten Tage mit Onkel Sepp sprechen. Der hatte ihm bei der Einarbeitung in die Gastwirtschaft geholfen und war auch seinen Eltern früher, soweit Oskar wusste, immer mit Rat und Tat zur Seite gestanden.

\*\*\*

Als Flori am nächsten Morgen aufwachte, schmerzte sein Rücken von der dünnen Matratze. Und er war durchgefroren. Die Jacke und seine übrige Kleidung hatten nur bedingt ausgereicht, um der rauen walisischen Nacht etwas entgegenzusetzen. Dennoch war er gut gelaunt. Er hatte schon lange keine neue Sportart mehr versucht und das Wellenreiten versprach eine interessante Angelegenheit zu werden.

Nach einer heißen Dusche in den Sanitärräumen fühlte er sich gerüstet. Das Frühstück, insbesondere der starke Kaffee, im wenig frequentierten Restaurant taten ihr Übriges.

»Bring it on! Ich bin bereit«, dachte er, als er von seinem Holzstuhl aus durch die bodentiefe Glasscheibe auf die Lagune blickte, wo bereits die ersten Wassersportler ihr Glück versuchten.

Frisch gestärkt ging er ins nächste Gebäude, in dem eine kurze Einweisung stattfinden sollte. Er würde sicher nicht sofort die großen Wellen reiten können, so viel war klar. Aber Flori war fest entschlossen, es zumindest bis in den mittleren Bereich des dreigegliederten Sees zu schaffen. Es gab Abschnitte für Anfänger, mittleres Können und fortgeschrittene Surfer. Mittel sollte doch wohl möglich sein.

»Hi, ich bin John, euer Instructor«, stellte sich ein durchtrainierter Mann, Ende zwanzig, mit langen blonden Haaren und Dreitagebart vor. Ein echter Surferboy, bis auf die etwas zu große und schiefe Nase, die nicht so recht ins Bild passen wollte.

»Wir werden heute eine Menge Spaß haben, wenn ihr ein paar einfache Grundregeln beherzigt.«

Neben Flori nahmen noch zwei Pärchen und eine Familie mit einem Jungen im Grundschulalter an der Einweisung teil.

»Erstens: Wenn ich oder eine andere Person mit so einem T-Shirt hier«, dabei zeigte er auf sein weißes Shirt mit Aufdruck des offiziellen Parklogos, »etwas sagt, dann folgt dem bitte umgehend. Wir hatten die letzten Tage immer wieder mal technische Probleme. Daher ist das wichtig um eure Sicherheit zu gewährleisten.«

Alle nickten.

»Zweitens: Wir haben hier einen Zaun an der Wellenmaschine. Das ist ein Schutz, kein Kletternetz. Ihr solltet euch wirklich nicht daran festhalten, denn wenn euch die

Welle erwischt, kann das sehr unangenehm für eure Finger werden.«

Die Mutter sah ihren kleinen Jungen eindringlich an. Er nickte.

»Drittens: Passt auf, dass ihr nicht in die Fahrlinie von jemand anderem geratet. So ein Brett an den Kopf zu bekommen, verursacht eine üble Gehirnerschütterung.«

Nachdem er sich vergewissert hatte, dass seine Ausführungen angekommen waren, schloss John: »Alles klar. Dann teile ich jetzt an jeden einen Wetsuit und ein Brett aus. Und danach zeige ich euch, wie ihr auf dem Board aufstehen könnt.«

Einige Minuten später standen alle Kursteilnehmer in Neopren verpackt bereit. Vor ihnen auf dem Boden lagen bunte Softboards, die aus Verletzungsgründen und aufgrund ihrer einfacheren Handhabung mit einer dünnen Schicht Schaumstoff ummantelt waren, wie Flori erfahren hatte.

»Okay, also. Beim Wellenreiten kommt es enorm auf eure Balance an«, begann John zu erklären. »Dieses Brett, das jetzt so fest vor euch liegt, wird sich im Wasser nach vorne bewegen. Es wird nach rechts und links kippen. Vielleicht auch nach vorn oder nach hinten. Deswegen stellt eure Balance das absolute Fundament dar. Und die beste Balance habt ihr, wenn ihr in die Hocke geht und den Kopf hebt.«

Er ging mit leicht gespreizten Beinen in die Hocke und hob demonstrativ den Kopf. »Nächster Punkt: Mit welchem Fuß stehe ich vorn und mit welchem hinten? Das hängt davon ab, was euer starker Fuß ist. Das ist wie mit den Händen. Der eine ist Linkshänder, der andere Rechtshänder. Das eine ist nicht besser oder schlechter. Es ist einfach so. Es gibt eine simple Methode, um herauszufinden, was euer starker Fuß ist.«

Er trat hinter Flori und schubste ihn leicht. Flori trat mit dem linken Fuß nach vorn, um sein Gleichgewicht zu halten.

»Dein linker Fuß ist vorn. Dein rechter ist dein starker Fuß.« John wiederholte den Test bei allen Teilnehmern. »Gut, die Leash, also das Seil, das euch mit dem Board verbindet, kommt später an den anderen, den hinteren Fuß. Sie sorgt dafür, dass ihr das Brett nicht verliert, wenn ihr ins Wasser fallt. Kommen wir jetzt zum schwierigen Teil: der Pop Up oder Stand Up. Also die Bewegung, mit der ihr auf dem Board aufsteht.«

John legte sich nun selbst auf sein Brett. »Die Abfolge beginnt mit Paddeln. Wenn euch die Welle erreicht, müsst ihr bereits selbst genug Geschwindigkeit haben, damit ihr mitschwimmt. Ihr paddelt also, rechts, links. Dabei blickt ihr immer wieder über die Schulter, um zu sehen, wo die Welle gerade ist. Wenn sie die Zehen erreicht, schiebt ihr euren Oberkörper mit den Armen direkt unter den Schultern hoch, winkelt das Knie des hinteren Beins an und drückt euch damit ab. Und zack, schon steht ihr.«

Er demonstrierte den Bewegungsablauf einige Male. »Okay so weit? Diesen Prozess müsst ihr sehr schnell und automatisiert hinbekommen. Das ist fast die ganze Miete. Wenn das sitzt und ihr mit einem vernünftigen Stand auf dem Board hochkommt, ist der Rest ein Kinderspiel.«

Die Gruppe probierte fleißig. John korrigierte hie und da, und nach einigen Versuchen schien er halbwegs zufrieden zu sein.

»Dann lasst uns das Ganze mal im Wasser versuchen«, animierte er seine Schüler. So schnappten sie sich die jeweils vor ihnen liegenden Bretter und watschelten im Gänsemarsch Richtung Lagune.

Dort angekommen instruierte John sie ein letztes Mal: »Ihr probiert das Aufstehen hier in der Anfängerzone. Passt auf die fortgeschritteneren Surfer auf, die möglicherweise nicht früh genug die Welle verlassen. Lasst außerdem beim Rausgehen aus dem Wasser das Brett immer neben oder hinter euch, in Richtung Strand. Wenn es zwischen euch und die Welle gerät, bekommt ihr ordentlich eine verpasst. So, genug jetzt. Viel Spaß!«

Und damit konnte es losgehen. Flori schwirrte der Kopf. Es gab wohl doch mehr zu beherzigen, als er ursprünglich gedacht hatte, aber es würde schon werden.

Mit lautem Platschen ließ er sein Brett ins kalte Wasser fallen. Er packte das vordere Ende und stapfte los, sein Surfboard hinter sich her ziehend. In der Anfängerzone angekommen, drehte er das Board und legte sich darauf, wie er es zuvor an Land gelernt hatte. Das Brett schwankte etwas, aber trug ihn hervorragend. Mit lautem Getöse baute sich am anderen Ende des Sees eine Welle auf. Floris Anspannung stieg, sein Rücken war durchgedrückt, seine Arme bereit zu paddeln. Die anderen Anfänger aus der Einweisung waren mittlerweile allesamt neben ihm angekommen. Acht Köpfe übten sich in Schulterblicken.

Flori ging die Bewegungsfolge nochmal in Gedanken durch. Paddeln, Arme hochstützen, Bein anwinkeln, aufstehen. Das sollte doch zu schaffen sein.

Die Welle pflügte durch den See. In den beiden Zonen für fortgeschrittenes und mittleres Level befanden sich keine Surfer. Sie hatten komplett freie Bahn.

Dann war es so weit. Flori paddelte wie verrückt und versuchte dabei, das Wasser hinter sich im Blick zu behalten. Als Anfänger sollten sie in der Gischt üben, also in dem Bereich, wo die Welle schon gebrochen war und das Wasser nur noch vor sich hin brodelte. Floris Beine wurden leicht angehoben, er stützte sich mit den Armen hoch, setzte sein rechtes Bein nach vorn, drückte sich damit ab und schleuderte Sekundenbruchteile später mit einem ordentlichen Platschen nach links vom Brett. Prustend tauchte er auf. Nun gut, es war noch kein Meister vom Himmel gefallen. Er würde es weiter versuchen.

Fünf Anläufe später stellte sich bei ihm der Gedanke ein, dass das Unterfangen wohl doch schwieriger war als gedacht. Außerdem fingen seine Arme an, zu protestieren. Das Paddeln und Aufstützen stellte eine sehr ungewohnte Übung für sie dar.

Nochmal fünf Versuche später konnte er zumindest für einen kurzen Moment auf dem Brett stehen, bevor das unbarmherzige Ding ihn wieder abschüttelte. Seinen Leidensgenossen ging es ähnlich, von dem kleinen Jungen abgesehen, der die besten Fortschritte machte. Der schaffte es immerhin, sich zwei, drei Meter mittragen zu lassen, bevor auch er das Gleichgewicht verlor.

Die zwei Frauen hatten sich mittlerweile etwas anderes einfallen lassen. Sie versuchten gar nicht erst, aufzustehen, sondern drückten nur ihre Arme durch und richteten so ihre Oberkörper auf. Vielleicht sollte er das auch probieren, um zumindest zwischenzeitlich ein Erfolgserlebnis zu haben?

Als er bei der nächsten Welle nur den Oberkörper aufrichtete, fiel er tatsächlich nicht vom Board. Er spürte, wie das Wasser das Brett erfasste und ihn nach vorne schob. Flori musste unwillkürlich grinsen. Was für ein Wahnsinnsgefühl! Er verlagerte sein Gewicht eine Spur nach rechts und links und fuhr angedeutete Kurven. Jetzt verstand er den Reiz dieser Sportart. Mit dieser Kraft zu spielen, fühlte sich einfach großartig an. Er wiederholte das Spielchen einige Male, bevor er sich doch wieder am Pop Up probierte.

Eine halbe Stunde später sammelte sich das Grüppchen durchnässt und erschöpft am Rand der Lagune. John lobte sie alle für ihre Bemühungen und gab ihnen noch ein, zwei Tipps, bevor er sie in eine Pause entließ.

Oskar war unterwegs zum Architekturbüro Niedermayer. Er hatte früher bereits mit Stefan Niedermayer zusammengearbeitet, der ihn bei Umbauten im Wirtshaus unterstützt hatte. Nachdem diese Kooperation gut funktioniert hatte, wollte er sich bei Stefan erkundigen, was er von dem Projekt hielt.

Erfreulicherweise hatte der Architekt gerade Zeit gehabt; oder er war vielmehr bereit, sich Zeit für das Anliegen zu nehmen.

Oskar parkte vor dem gläsernen Kubus. Nur am Dach und an den Ecken fanden sich Stahl und Eisen. Sehr reduziert, aber auch sehr chic, fand er. Die Innenausstattung konnte sich ebenfalls sehen lassen. Die beiden Büroräume waren durch weißes Milchglas voneinander getrennt. Unbehandelte, massive Holzschreibtische mit sichtbarer Maserung. Weiße Metalllampenschirme. Sehr hell und freundlich. Stefan führte Oskar nach einer kurzen Begrüßung in einen ebenfalls durch Glaswände abgetrennten Besprechungsraum. Beide setzten sich auf Holzstühle an einen wuchtigen Eichentisch.

»Was kann ich für dich tun, Oskar?«, eröffnete der Architekt das Gespräch.

Oskar holte ein Stück Papier mit einer Skizze aus seiner Tasche und legte es auf den Tisch. »Ich überlege, etwas zu vergrößern. Was du hier siehst, bleibt bitte unter uns. Das hier in der Mitte ist unser See. Dort hinein käme, falls das alles möglich ist und gemacht wird, eine Anlage zur Erzeugung künstlicher Wellen. Zum Surfen. Und hier, drum herum verteilt, würden dann ein Gebäude für eine Surfschule, einen Surfshop und ein weiteres Gebäude für ein Restaurant errichtet werden. Oder man macht das als Anbau an der alten Wirtsstube. Das wäre noch zu klären. Das Gasthaus würde auf jeden Fall für Übernachtungen erhalten bleiben.«

Stefan hob überrascht die Augenbrauen. »Wow, wie bist du denn auf die Idee gekommen?«, fragte er.

»Das ist eine lange Geschichte. Eventuell hätte ich einen Investor dafür, bräuchte aber dennoch zusätzlich ein Bankdarlehen. Das ist alles noch in der Findungsphase. Aber es gibt so eine Anlage bereits. In Wales.«

»Okay.« Stefan legte den Kopf schief, er überlegte.

Oskar holte sein Handy aus der Tasche. »Das hier sind Fotos von der Anlage in Wales und ein kleines Video.«

Er reichte dem Architekten sein Smartphone, sodass er die Dimensionen der Anlage erfassen konnte.

»Okay«, wiederholte Stefan zögerlich. »Also bei den Gebäuden, kein Problem. Das kriegen wir auf alle Fälle hin. Was diese Wellenmaschine anbelangt, keine Ahnung. Das hab ich noch nie gehört, geschweige denn gemacht. Da müssten wir sicher mit einem technischen Partner zusammenarbeiten. Aber unmöglich ist das vermutlich nicht. Wann soll das denn passieren?«

Oskar überlegte. »Wenn das Konzept und die Finanzierung steht, kann's schnell gehen. Das wird sicher noch dauern. Ich wollte dich aber für das Konzept gern im Boot haben.«

»Okay«, sagte Stefan nun zum dritten Mal. Er nahm seine schwarze, dicke Brille ab und wischte sich über beide Augen. »Ich hab aktuell noch ein Wohnhaus fertig zu bauen. Aber das sollte in den nächsten zwei Wochen hoffentlich so weit abgeschlossen sein. Danach habe ich ein paar kleinere Sachen, die kann ich vielleicht dazwischenschieben oder auch etwas vertrösten. Also generell bin ich definitiv interessiert. Da kann man was richtig Feines machen! Können wir schon über Details sprechen? Oder ist das noch zu früh?«

Zwei Tassen Kaffee später verabschiedete sich Oskar von Stefan. Ihr Gespräch war außerordentlich konstruktiv verlaufen. Das schätzte er so an dem Architekten. Sie waren sich allerdings auch einig, dass es schwierig werden könnte, das Unterfangen genehmigen zu lassen. Stefan glaubte zwar, dass es nicht unmöglich wäre, da im See auch jetzt gebadet und geplantscht wurde. So ein großer Unterschied wäre das nicht. Oskar war sich nicht so sicher. Schließlich lag Spiegelöd nahe am Nationalpark Bayerischer Wald. Neben der Finanzierung wäre die Genehmigung also besonders wichtig.

Oskar beschloss, den Heimweg auszudehnen und noch kurz in der Raiffeisenbank vorbeizuschauen. Vielleicht hatte Chris ebenfalls Zeit für ein unverbindliches Vorgespräch.

»Oskar, hallo! Willst einen Kaffee? Warte, ich hol uns eine Tasse«, begrüßte Chris ihn.

Oskars Verlangen nach Kaffee war zwar schon reichlich gestillt, aber er wollte nicht unhöflich sein.

»Hast du dir die Sache mit der Partnerschaft überlegt?«, kam der Bankberater gleich zur Sache, als er mit zwei gefüllten Tassen zurückkam. »Milch, Zucker ist hier. Bedien dich.«

Er stellte die weißen Keramikbecher mit prominent platziertem Logo der Bank auf den Tisch.

Oskar bedankte sich und nickte. »Ich hab mir das tatsächlich überlegt.«

Chris war überrascht, aber auch erfreut. »Super! Soll ich mich auf die Suche nach einem Partner machen?«, bot er an. »Oder hast du dich dagegen entschieden?«

Den letzten Satz schien er nur der Form halber von sich gegeben zu haben.

»Unter Umständen hätte ich sogar schon einen Investor. Und auch ein Projekt. Ist alles noch sehr früh und ich bin mir absolut nicht sicher, ob wir das machen sollen und so. Aber ich wollte vorab gern deine Meinung hören.«

Chris nickte. »Natürlich. Freut mich! Jetzt hast du mich neugierig gemacht.«

Oskar holte seine kleine Skizze hervor, zeigte Chris die Fotos und das Video und bat ihn, die Website der Anlage in Wales zu öffnen.

»Das wäre die Idee, die mir vorschwebt«, schloss er.

»Puh, ein ziemlich großes Ding. Von welchem Umfang sprechen wir denn hier?«, erkundigte sich Chris.

»Die Anlage in Wales hat 12 Millionen Pfund gekostet«, sagte Oskar vorsichtig. Eine gewaltige Summe.

Chris bemühte den Währungsrechner an seinem Computer. »13,5 Millionen Euro. Ordentlich.«

»Einen Teil könnte mein Partner beisteuern. Das müssten wir im Detail noch ausarbeiten.«

»Und wer ist dieser Partner?«, wollte Chris wissen.

»Florian Berthold. Vielleicht erinnerst du dich noch an ihn, er hat 1996 in Atlanta eine Goldmedaille gewonnen.«

»Im Surfen? Das ist ja fantastisch! Das ist ein perfektes Zugpferd!«

»Nein, im Tontaubenschießen«, präzisierte Oskar grinsend.

»Oh«, fügte der Bankberater ernüchtert an. »Mit wie viel könnte er sich einbringen, was denkst du?«

»Darüber haben wir noch nicht gesprochen. Aber er ist aktuell in den USA an einer Hotelkette beteiligt. Den Anteil würde er verkaufen und das Geld hier reinstecken.«

»Gut, gut.« Chris knetete die Unterseite seiner Hand. Blickte einen Moment in die Ferne. »Wie seid ihr denn aufs Surfen gekommen? Und macht das hier in der Gegend überhaupt irgendwer?«

»Wir sind eher zufällig darüber gestolpert. Aber wie sich herausgestellt hat, ist Surfen eine echt große Industrie. Flori hat da ein paar Zahlen ausgegraben. Die kann ich das nächste Mal mitbringen.«

»Okay. Ich werde auch mal in die Richtung recherchieren. Also generell kann ich mir das schon vorstellen. Lass uns das mal etwas konkreter anschauen.«

»Super, das wollte ich hören!«

Oskar verabschiedete sich. Als er in seinem Auto saß, fühlte er sich ziemlich erschöpft, aber auch sehr erleichtert. Mit jedem Mal, da er über diesen Surfpark sprach, hörte sich die Idee weniger verrückt an. Wurde konkreter, greifbarer. Aber sollte er das wirklich durchziehen? Das Risiko war enorm. Wenn die Anlage nicht genügend Besucher anzog, musste er Privatinsolvenz anmelden, und damit wäre er das Anwesen seiner Eltern los, was noch deutlich schwerer wog. Andererseits, wäre es nach den Umbauten überhaupt noch das Anwesen seiner Eltern?

Flori grinste bis über beide Ohren. Seine Arme brannten. Er hatte sich die Oberfläche des rechten Fußes schmerzhaft aufgeschürft. Er fror. Aber sein Geist war frisch und klar. Seine Laune exzellent.

Er hatte sich mit John, dem Instructor, über die Anlage und das Surfen generell ausgetauscht. Unabhängig davon, ob das Projekt mit Oskar klappte oder nicht, er würde wieder aufs Brett steigen. Das Aufstehen auf dem Board hatte zum Schluss halbwegs geklappt. Mit zunehmender Zeit waren ihm aber die Kräfte geschwunden, was die Sache zusätzlich erschwerte. Wenn er nicht schon den Rückflug gebucht hätte und den Mietwagen nicht wieder zurückbringen müsste, wäre er gleich noch ein paar Tage geblieben. Aber er befand sich ja nicht zum Spaß hier, erinnerte er sich.

Als er im Wagen saß, rann ihm plötzlich ein gehöriger Schwall Wasser aus der Nase. Er musste lachen. Bei den vielen Stürzen hatte es ihn offensichtlich so sehr durchgespült, dass das Nass bis in die letzte Neben- und Stirnhöhle geschwappt war. Trotzdem, oder gerade deswegen, fühlte er sich wie ein Held. Wie der Bezwinger des Mount Everest.

In dieser gelösten Stimmung konnte ihn nichts aus der Bahn werfen. Also konnte er auch Jessy anrufen, um in Ruhe mit ihr über seinen Anteil an der *Grand Hospitality* zu sprechen.

Er wählte ihren Eintrag in seinem Telefonbuch. Aus der Gegensprechanlage des Wagens war ein Tuten zu hören. Einmal, zweimal, dreimal. Sie ging nicht ran. Na gut, würde er es eben später noch einmal probieren.

\*\*\*

Flori war aus England zurück. In den darauffolgenden Tagen las er wie ein Besessener alles, was er zum Thema künstliche Wellen im Internet fand. Die Technik steckte noch in den Kinderschuhen. Jedoch schien die Entwicklung derzeit an einem Punkt angelangt zu sein, an dem sie für den Massenmarkt reif wurde. »Jetzt ist genau der richtige Zeitpunkt«, dachte Flori. Auch Oskar konnte sich langsam immer mehr mit dem Gedanken anfreunden, das Surfprojekt durchzuziehen. Er hatte einige Male mit Onkel Sepp gesprochen, der deutlich mehr Chancen als Risiken sah. Tatjana hatte ihn ebenfalls ermuntert. Für beide stellte die Welle einen Glücksfall dar. »So eine Möglichkeit bekommst du nicht alle Tage«, hatte Sepp gesagt. Und er hatte im Grunde recht. Dennoch – Oskar war nicht wohl dabei.

Dann war der große Tag gekommen. Heute würden sie das Projekt Surfpool entweder beschließen oder beerdigen.

Oskar und Flori fuhren mit sehr unterschiedlichen Gefühlslagen zum Gebäude der Raiffeisenbank. Gemeinsam betraten sie den Besprechungsraum. Chris hatte Gläser und ein paar Flaschen Wasser bereitgestellt.

»So, jetzt lernen sich mal alle Beteiligten kennen«, begrüßte Chris Flori, bevor er im Nebenraum verschwand, um das Gedeck um eine Kanne Kaffee und Tassen zu erweitern. Es gab einige Einzelheiten zu besprechen, ihr Treffen würde sicher etwas dauern.

»Vielleicht stellen wir uns erst mal vor und erläutern, was wir zu dem Projekt beitragen würden«, eröffnete Flori die Runde. Er erzählte kurz von seiner Goldmedaille, seiner Zeit im Sportmarketing, wie er ins Gaststättengewerbe eingestiegen war. »Mittlerweile betreibt die *Grand Hospitality* – das ist die Firma von mir, meiner Frau und einem weiteren Geschäftspartner – fünf Hotels in den Staaten. Vor allem im Südosten. Aus privaten Gründen möchte ich mein Leben nun wieder mehr nach Europa verlagern. Entsprechend hätte ich einerseits das Geld aus meinem Unternehmen sowie meine Expertise im Sportmarketing und Hotelsektor einzubringen«, schloss er.

Chris nickte anerkennend. Da er neben Flori saß, schloss er sich an: »Die Raiffeisenbank Spiegelöd arbeitet nun schon viele Jahre wunderbar mit dem Gasthaus Salzsteig zusammen. Sowohl mit Oskars Eltern als auch mit Oskar, der das Wirtshaus ja vor ein paar Jahren übernommen hat. Was wir als Bank natürlich klassischerweise anbieten können, ist die Finanzierungsseite. Also einen möglichst günstigen Kredit, wobei wir aber auch gute Kontakte in die Baubranche haben und da sicher das eine oder andere Unternehmen empfehlen können, wenn es an die Umsetzung geht.«

Oskar stellte sich nicht mehr vor, er war der Dreh- und Angelpunkt. Beide kannten ihn. Stattdessen legte er mit vor Aufregung kalten Händen die Skizze auf den Tisch, die er auch schon Stefan gezeigt hatte.

»Hier sehen wir, was es möglicherweise umzusetzen gilt. Ich sage extra möglicherweise. Es ist für mich nach wie vor ein riskantes Unterfangen. Ich sehe das Potenzial, aber eben auch das Risiko. Zugleich denke ich, wenn alle an einem Strang ziehen und die Planung entsprechend stimmt, sollten wir das Projekt umsetzen. Oder?«

Er wollte diesen Pool bauen. Das finanzielle Risiko war dennoch nicht außer Acht zu lassen. Und die Tatsache, dass er die Hoheit über seinen eigenen Betrieb würde abgeben müssen. Den Betrieb, der ihn mit seinen Eltern verband.

»Trotzdem möchte ich heute eine Entscheidung fällen«, fügte er mit größerer Gewissheit an, als er tatsächlich empfand. Er sagt sich zum hundertsten Mal, dass er keine andere Wahl hatte. Do or die.

Nach drei Stunden des gemeinsamen Grübelns und der Konzepterstellung hatten sie nun endgültig die Entscheidung zu treffen. Der Vorschlag sah vor, dass Flori mit fünf Millionen Euro in eine neu zu gründende Firma einstieg. Dafür sollte er 49 Prozent der Anteile halten. Die verbleibenden 51 Prozent waren für Oskar vorgesehen, der das Grundstück inklusive Wirtschaft an die Firma abtrat. Die Bank würde einen Kredit über die restliche Summe von etwa acht bis zehn Millionen Euro zu günstigen Konditionen beisteuern, so viel konnte Chris versprechen.

Diese Daten hatten sie auf einer Absichtserklärung festgehalten, die Flori als Erster unterschrieb. Unter anderen Umständen hätte er sich nicht mit den 49 Prozent zufriedengegeben, aber er brauchte Oskar, wenn er nicht gerade einen neuen See suchen wollte. Und er wusste, wie stark der an dem Wirtshaus hing. Davon abgesehen konnte er seinen monetärer Beitrag noch nicht fix bestätigen. Wenn Jessy bei ihrer Meinung blieb, musste er das Geld anderweitig beschaffen, was alles andere als einfach werden würde.

Flori reichte Chris den Kugelschreiber. Auch er unterzeichnete. Dann war Oskar an der Reihe.

Er strich mit beiden Händen über seine Oberschenkel. Zögerte. Sollte er das wirklich machen? Das Herz schlug ihm bis zum Hals. Was hatte er für Alternativen? Was, wenn er nicht unterschriebe? Er konnte nicht so weitermachen wie bisher, das war ausgeschlossen. Einen anderen Partner suchen? Ein anderes Projekt? Nein, seine beste Möglichkeit lag vor ihm auf dem Tisch.

Schließlich nahm er den Kugelschreiber und setzte seine Unterschrift zu den beiden anderen.

Erleichterung machte sich breit.

Sie würden dieses Ding bauen!

»Ich weiß nicht, wie's euch geht, aber ich brauch jetzt zur Feier des Tages ein Bier«, verkündete Flori vergnügt.

\*\*\*

Das Warten machte Oskar mürbe. Die groben Planungen waren seit einigen Tagen abgeschlossen. Nun lag alles beim Architekturbüro, die die Umkleiden, die Wartebereiche und die sonstigen Hütten für Ausschank und Imbiss entwerfen würden. Bislang steckten einzig ein paar windige Holzstäbe an kritischen Positionen, die bei der Ausmessung in der Landschaft zurückgelassen worden waren. Angesichts dieser Markierungen konnte man sich die groben Ausmaße bereits vorstellen.

»Der Wavepool wird riesig werden«, dachte Oskar. Hatte das Geplante noch irgendetwas mit dem zu tun, was ihm seine Eltern hinterlassen hatten? Mit ihrer Liebe zum Bayerwald? Und ihrem Grundsatz, sich nicht zu stark zu verschulden? Sicher nicht. Aber er hätte einfach sonst nicht die Mittel, um das Gasthaus konkurrenzfähig zu machen. Ohne Investitionen würden allerdings noch weniger Gästen kommen. Was zu noch weniger Mitteln führen würde. Was über kurz oder lang dazu führen würde, dass er schließen konnte.

Gab es denn eine Alternative zu diesem Projekt?

Er hätte auch Richtung Wellness gehen können. Das machte zwar so ziemlich jeder. Andererseits war es ja immer noch ein boomender Sektor. Die Idee mit dem Aktivurlaub war aber nicht schlecht, richtig? Bei seinen Recherchen war er auf ein Areal in Tirol gestoßen, wo Wakeboarden, Klettern, Canyoning, aber auch traditionelle Vergnügungen wie Wasserrutschen und Partyhütten zu einem großen Park zusammengefasst worden waren. Warum also sollte das hier nicht auch funktionieren? Die Tiroler hatten bestimmt einmal ebenso klein angefangen.

Trotzdem hatte er ein ungutes Gefühl bei der Sache. Oder, wenn er ehrlich war, er hatte Angst. Angst, das Projekt nicht schultern zu können. Sich zu übernehmen.

Augen zu und durch. Augen zu und durch. Augen zu und ...

»Na, träumst du schon?«, hörte Oskar die Stimme von Onkel Sepp, der sich zu ihm gesellte.

»Hab dich gar nicht kommen hören«, begrüßte er ihn. »Ich hab mich nur gerade gefragt, was meine Eltern wohl zu diesem Wahnsinn sagen würden.«

Sepp legte seine Hand auf Oskars Schulter. »Weißt du, ich glaube, sie wären stolz auf dich. Es ist das Richtige. Natürlich ist das eine große Investition und ich will ehrlich gesagt nicht mit dir tauschen, aber so sind nun mal die Zeiten. Florian hat schon recht. Mit Kleinkram kommt man heutzutage nicht mehr weit. Siehst du ja überall. Ob das die Bauern sind, die immer mehr expandieren müssen, oder die Gastronomie. Wer nicht mit der Zeit geht, der geht mit der Zeit.«

»Hmm, vielleicht hast du recht«, erwiderte Oskar gedankenverloren.

Beide blickten selbstvergessen auf das abgesteckte Gelände und ließen ihren Gedanken freien Lauf.

»Weißt du, ich kann mir das alles gut vorstellen hier. Dann ist es aber auch so absurd. Surfen? Mitten im Bayerischen Wald? Weißt du noch, wo wir uns über die Skihallen in der Wüste lustig gemacht haben? In Abu Dhabi oder Dubai oder wo die sind? Das ist doch eine ähnliche Kategorie hier, oder nicht?«

Sepp nickte. »Na ja, als deine Eltern das Wirtshaus hatten, wurde hier gewandert. Das war damals aufregend, aber das ist schon lang vorbei. Heute interessiert sich kein Mensch mehr für irgendwelche Schmetterlingslarven oder Blindschleichen. So was findest du hier. Die schönen Dinge sind nun einmal nicht so offensichtlich. Wenn du den Leuten was anderes bieten musst, um ihnen die wunderbare Gegend zu zeigen, warum nicht? Wenn's künstliche Wellen sein sollen, Herrgott, dann eben künstliche Wellen.«

Mit süffisantem Lächeln fügte er hinzu: »Adalbert Stifter hat früher schon von den Wogen im Waldmeer geschrieben. Dann hätten wir sie endlich da.«

Flori versuchte in der Zwischenzeit nochmals Jessy zu erreichen. Es klingelte. »Komm schon, geh endlich mal ran«, murmelte er, und tatsächlich meldete sie sich mit einem genervten »Flori, was willst du?«.

»Jessy, ich will mit dir über die Scheidung sprechen, was sonst? Mein Anwalt hat mir erklärt, dass du meine *Grand Hospitality*-Anteile so niedrig bewerten willst. Lass uns nochmal darüber reden. Das ist absolut nicht fair.«

Flori bemühte sich, nicht zu flehentlich zu klingen, was ihm nur leidlich gelang.

Sie schnaubte in den Hörer.

»Wieso soll das nicht fair sein? So ist das Gesetz«, entgegnete sie mürrisch. »Sollen wir jetzt die Gesetze ändern, weil dir das nicht passt? Dann musst du in die Politik gehen, mein Lieber.«

»Ach, komm schon. Ich hab genauso viel Arbeit in diese Firma gesteckt wie du. Das weißt du. Mir steht mehr zu.«

»Jetzt pass mal auf. Ohne mein Geld hätte es gar keine Firma gegeben, in die du deine Arbeit hättest stecken können. Für Fälle wie unsere gibt es die Gesetze. Zwei Personen können sich nicht einigen, wem wie viel zusteht. Frag das Gesetz. Fertig.«

Sie blieb hart. Damit hatte er nicht gerechnet.

»Wie kannst du nur so herzlos sein?«

Mist, auf dieser Schiene wollte er eigentlich nicht abrutschen. Flori verzog das Gesicht, aber er konnte es nicht ungesagt machen.

»Komm mir nicht auf die Tour! Wir hatten eine gute Zeit, keine Frage, allerdings ist das vorbei. Hör zu, ich will mich nicht mit dir streiten. Lass das die Anwälte regeln. Und dann geht jeder seiner Wege, okay?«

»Nein, verdammt. Wir werden uns doch wohl so einigen können, dass wir beide unser Gesicht wahren! Ich lass mich von dir nicht über den Tisch ziehen! Hallo? Jessy?«

Sie hatte kommentarlos aufgelegt.

Flori presste wütend das Symbol für die Wahlwiederholung. Es klingelte. Sie wies seinen Anruf ab.

»Scheiße. Fuck! Kacke«, fluchte er und schmetterte das Telefon aufs Bett, wo es von der Matratze zurückgeschleudert wurde und schließlich laut scheppernd auf dem Boden landete. Das durfte einfach nicht wahr sein. All die Jahre hatten sie gemeinsam an dieser bescheuerten Firma gearbeitet. Und jetzt sollte er praktisch leer ausgehen? So nicht!

Er fuhr sich durch die Haare. Beruhigte sich etwas. Vielleicht sollte er eine Runde laufen gehen.

Dabei konnte er auf andere Gedanken kommen und hoffentlich die Aggression abbauen. Er brauchte jetzt einen kühlen Kopf, alles andere brachte ihn nicht weiter. Er pfefferte Jeans und Pullover in die Ecke und streifte das Synthetikgewebe seines Laufoutfits über. Jessy würde schon sehen, was sie davon hatte.


Der Weg führte vorbei an dem kleinen See, in dem bald Surfer ihr Können unter Beweis stellen würden, in den Wald. Das angenehme Federn des mit abgestorbenen Nadeln übersäten Waldbodens machte das Laufen zu einer wahren Wohltat. Flori atmete tief und regelmäßig. Dadurch, dass er in letzter Zeit öfter gelaufen war, fiel ihm dieser Sport zunehmend leichter. Was ein wenig Training doch ausmachte. Die kühle, frische Luft roch nach Baumharz. Die Sonne brach mit starken Strahlen vereinzelt durch die Baumwipfel. Außer darauf, nicht über eine Wurzel zu stolpern, musste er auf nichts aufpassen. Mit einem nahezu vergessenen Gefühl von Freiheit setzte er einen Schritt vor den anderen. Im gleichmäßigen Takt einer Dampfmaschine.

Links. Aufsetzen. Abrollen.

Rechts. Aufsetzen. Abrollen.

Links. Aufsetzen. Abrollen.

Rechts. Aufsetzen. Abrollen.

Sein Kopf schaltete komplett ab.

Eine halbe Stunde später verließ er den Wald und bog auf das Grundstück des Gasthauses ein. Eine Idee war in ihm gereift. Hatte sich aus dem dunstigen Nebel der Gedanken gelöst und erschien nun klar und deutlich vor ihm. Um sie umzusetzen, würde er mit Hardy sprechen müssen.

Oskar leerte den Briefkasten. Die Post kam in letzter Zeit erst nachmittags an. Wohl ein Zeichen dafür, dass eine Tour umgestellt worden war. Oder jemand seinen Job verloren hatte. Oder beides.

Neben einigen Rechnungen, denen er in Anbetracht des Kredits nicht mehr ganz so negativ entgegenblickte, befand sich auch das Schreiben darunter, auf das er die letzten Tage schon gewartet hatte. Die Bewertung des Zu- und Abflusses zum See.

Er ging zurück in die Wirtsstube und öffnete das Kuvert mit einem dünnen, silbernen Brieföffner, der durch sein Fantasiewappen am Griff den Eindruck einer noblen Antiquität erweckte. Er hatte das Messerchen vor Jahren auf einem Flohmarkt entdeckt und für einen Euro gekauft. Und hatte immer noch seine Freude daran.

Für die angedachte Größe des Pools in Form eines Quadrates mit jeweils 150 Metern Seitenlänge und einer durchschnittlichen Tiefe von eineinhalb Metern wären etwa 34.000 Kubikmeter Wasser nötig. Wenn man davon ausging, dass im Schnitt pro Woche ein Viertel davon auszutauschen war, bräuchten sie einen Zufluss von 8.500 Kubikmetern pro Woche. Oder etwas mehr als 1.200 pro Tag.

Das Schreiben war diesbezüglich mehr als ernüchternd. Die Quelle, die den See speiste, brachte gerade einmal 250 Kubikmeter pro Tag. In regenreichen Perioden mochte es vielleicht etwas mehr sein, aber das war, laut Analyse, der erwartete Jahresdurchschnitt. Das reichte hinten und vorne nicht. Oskar fluchte. So genau hatte er sich zuvor nicht mit seinem Gewässer beschäftigt. Wieso auch?

Er notierte sich, dass sie darüber sprechen mussten. Dabei fiel ihm ein weiterer Punkt in seinem Notizbuch auf. Sie hatten eine Anfrage bei einem Planungsbüro für Windkraftanlagen gestellt. Irgendwo musste die Energie für die Wellenmaschine schließlich herkommen. Da Oskar ebenfalls ein Teil des angrenzenden Waldes gehörte, hoffte er auf eine geeignete Stelle für ein Windrad. Eine solche Anlage benötigte im Vergleich zu Fotovoltaik deutlich weniger Fläche. Davon abgesehen wehte mehr Wind, als es kräftige Sonnentage gab.

Oskar griff zum Telefon und wählte die Nummer des Münchner Unternehmens.

»Hallo, hier ist Oskar Huber vom Gasthaus Salzsteig. Ich wollte mal nachfragen, wie's um unsere Windräder bestellt ist«, begann er die Unterhaltung fröhlicher, als ihm nach der Information mit der Quelle zumute war. Damit verband er wohl die Hoffnung, zumindest hier bessere Nachrichten zu erhalten.

»Hallo auch«, erwiderte der Mann, dessen Namen Oskar schon wieder vergessen hatte. Es war etwas Gängiges. Meier? Müller?

»Ich habe gute und schlechte Neuigkeiten für Ihre Anfrage. Welche wollen Sie zuerst?«, fragte er im Plauderton.

»Die guten«, antwortete Oskar. Er konnte gute Neuigkeiten brauchen.

»Also, prinzipiell haben wir in dem Waldstück eine Stelle im Windatlas gefunden, die ausreichend viel Wind abbekommt, um ein Zwei-Megawatt-Windrad darauf zu betreiben.«

»Das ist super.«

»Die schlechte Nachricht lautet, dass das Windrad groß sein müsste und dank der 10-H-Regelung von Ministerpräsident Seehofer an dieser Stelle und in der notwendigen Größe zu nah am Dorf aufgestellt werden müsste. Sie erinnern sich vielleicht, die Regelung besagt, dass der Mindestabstand des Windrades zum nächsten Haus dem Zehnfachen seiner Höhe entsprechen muss. Die Anlage müsste 100 bis 120 Metern hoch sein, allerdings befinden sich im Umkreis von einem Kilometer ziemlich viele Häuser.«

»Das ist schlecht. Das ist sogar sehr schlecht.«

»Bedingt. Wenn Sie es schaffen, die Dorfgemeinschaft positiv zu stimmen, kann eine Ausnahmeregelung gewährt werden. Bei Bamberg wurden kürzlich zwei Windräder mit einer solchen Ausnahme gebaut. Die Norm ist das eher nicht, das kann ich Ihnen schon sagen. Ich wollte Ihnen diese Information sowieso noch schriftlich zukommen lassen.«

Oskar bedankte und verabschiedete sich. Das waren alles in allem miese Nachrichten. Geknickt schenkte er sich einen Weißwein ein. Er konnte jetzt einen Schluck vertragen.

\*\*\*

»Hallo Oskar, na, wie geht's?«

Ein großer, schlanker Mann mit kurzem, silbernem Haar und dichtem Vollbart betrat die Wirtsstube: Hannes Wagner. Oskar blickte von seinem Notebook auf und begrüßte den alten Freund der Familie.

»Servus Hannes, gut geht's, danke! Und bei dir?«

»Auch, auch, danke! Warum ich hier bin ...«, er machte eine kurze Pause. »Stimmt das, was man so hört? Dass du ein wenig umbauen möchtest?«

Oskar nickte. »Ich überlege noch. Aber es ist schon so halbwegs konkret.«

»Und was willst du hier machen? Ich frag dich das in meiner Funktion als Vorsitzender des Bund Naturschutz Spiegelöd.«

»Ich kann's dir gern erklären. Wir wollen in den See eine künstliche Wellenanlage einbauen. Zum Surfen. Und dazu dann die entsprechende Gastronomie und einen kleinen Campingplatz.«

Hannes verzog den Mund. »Hm, dann stimmt's also«, brummte er in seinen Vollbart. »Das ist problematisch.«

»Ich muss gestehen, um den Umweltschutz haben wir uns noch nicht so viele Gedanken gemacht. Außer, dass die Anlage komplett mit selbst erzeugten, erneuerbaren Energien betrieben werden soll, allerdings sind da die Details auch noch nicht fix. Was macht dir denn konkret Sorgen? Der See wird doch ohnehin zum Baden genutzt. Und künstlich angelegt ist er auch, soweit ich weiß.«

»Das ist es ja gerade. Ich wollte dich schon lange mal fragen, ob für den See nicht ein Badeverbot infrage käme. Zumindest in der Brutzeit. Im letzten Jahr haben sich hier Moorenten angesiedelt. Ich weiß nicht, ob dir das aufgefallen ist. Die sind extrem gefährdet und stehen auf der Roten Liste. Und wenn's ihnen hier gefällt, wäre das ja eine super Sache.«

Oskar zögerte. Das kam ungelegen.

»Und du bist dir sicher, dass die hier nisten?«

»Na ja, sie scheinen zumindest hier überwintert zu haben. Bleibt abzuwarten, ob sie auch Nachkommen zeugen, und ob sie hier bleiben. Aber an sich wäre das sehr erfreulich. Also aus Umweltsicht. Es gibt anderswo sogar spezielle Ansiedelungsprojekte für diese Art.«

Na bravo. Oskar verzog das Gesicht und atmete hörbar aus.

»Hm, und wenn wir eine Ecke des Sees natürlich belassen? Oder vielleicht entengerecht gestalten? Wäre das eine Option?«

»Vielleicht«, antwortete Hannes wortkarg. Er schien zu überlegen. »Weißt du, so recht passend finde ich das ganze Projekt ehrlich gesagt nicht. Wir sind hier doch nah am Nationalpark. Da hat so eine Spaßanlage nichts zu suchen, findest du nicht?«

»Den Gedanken hatte ich anfangs auch, aber es gibt so eine Anlage schon in Wales. Da steht sie ebenfalls mitten im Nationalpark Snowdonia. Daher stellt sich die Frage, warum das hier nicht auch gehen sollte. Das könnte ein Vorzeigeprojekt in Sachen Vereinbarkeit von Mensch und Natur sein, meinst du nicht? Wenn wir noch ein wenig mehr Wert auf den Umweltaspekt legen?«

Hannes machte ein missmutiges Gesicht. »Ach, ich weiß nicht«, sagte er. »Ich wollte dir gegenüber zumindest meine Bedenken äußern. Überleg's dir mal. Vielleicht findet sich ja eine ganz andere Lösung.«

Mit diesen Worten verabschiedete sich der groß gewachsene Mann.

Oskar überlegte. »So ein Mist«, murmelte er. Dann rief er im Architekturbüro an. Vielleicht hätte Stefan eine gute Lösung parat. Außerdem wollte er ihn fragen, wie es bei der Suche nach einem möglichen technischen Partner voranging, doch Stefan war kurz angebunden und bat Oskar, später nochmal anzurufen. Also versuchte Oskar, auf eigene Faust zu recherchieren, was die Enten für das Projekt bedeuteten.

»Hör zu, Hardy, ich habe eine wunderbare Lösung gefunden. Pass auf, das ist eine großartige Gelegenheit für die *Grand Hospitality*. Ich schicke dir gleich eine Präsentation rüber, ja? Du siehst sie durch und sagst mir, was du davon hältst. Mit diesem Projekt könnt ihr nochmal eine höhere Stufe erreichen. Und meine Anteile an der Firma wären damit abbezahlt. Sieh's dir an, sprich mit Jessy und dann sprechen wir wieder, ja? Okay, fein. Bis dann.«

Flori legte auf. Er grinste. Das konnte funktionieren.

Er klappte den Deckel seines Laptops auf, überflog noch einmal den Text der vorbereiteten E-Mail, überprüfte die Adresse und den Anhang und klickte auf den *Senden*-Knopf.

\*\*\*

»Sag mal, Flori, ich hab mir die Zahlen genauer angesehen«, begann Oskar die Unterhaltung, als Flori von seinem Dauerlauf zurückkam. »Ich meine, die sind schon sehr, sehr optimistisch, oder nicht? Vor allem ist mir aufgefallen, dass wir aus der bestehenden Quelle gar nicht dauerhaft genügend Wasser pumpen können. Nach zwei, drei Jahren ist da der Ofen aus.«

Flori entledigte sich seiner Funktionsjacke. Es war kühl geworden draußen. »Mmh, ja. Kannst du hier bitte mal ziehen? Man kommt so schlecht aus diesen Dingern«, sagte er, während er Oskar den Ärmel seines Oberteils hinhielt. »Danke. Also, lass uns mal was besprechen.«

Florian stand nun im Muskelshirt vor Oskar. Er war immer noch gut in Form, seine Muskeln pumpten. »Wir sollten das Ziel des Projekts sowieso ändern. Was hältst du davon, dass wir es Investoren anbieten? Wir würden im Idealfall die Umsetzung hier gar nicht erleben, sondern mit ein paar Millionen auf den Fidschi-Inseln sitzen und uns mit Mojitos zuprosten.«

»Wie meinst du das, wir würden die Umsetzung hier nicht erleben? Was planen wir denn hier, wenn wir das nicht selbst bauen?«

Oskar kratzte sich verwirrt am Kopf. Sie hatten so viel Zeit damit verbracht, am Konzept zu feilen und erste Anträge einzureichen. Und dann sollten sie das nicht selbst bauen?

Flori setzte zu einer Erklärung an: »Kennst du das Spiel Stuhltanz? Es geht im Wesentlichen darum, dass alle Spieler um einen Stuhlkreis laufen, solange die Musik läuft. Und wenn die Musik verstummt, setzen sich alle. Bis auf einen, denn ein Stuhl ist zu wenig.«

»Du meinst, Reise nach Jerusalem? Klar kenne ich das. Aber was soll das bitte mit unserem Surfprojekt zu tun haben?« Hatte Flori jetzt den Verstand verloren? Oskar war sich nicht sicher, worauf er hinauswollte.

»Ein nicht beträchtlicher Teil der Wirtschaft funktioniert genau so. Du erstellst ein Projekt, das solide geplant ist und wunderbare Prognosen hat. Das muss noch gar nicht fertig sein, geschweige denn gebaut. Und das verkaufst du weiter. Solange die Musik spielt.«

Oskar sah ihn mit zusammengekniffenen Augen an. »Wieso sollten wir das weiterverkaufen? Das hier ist meine Heimat. Ich bin hier aufgewachsen. Es ging doch gerade darum, das zu erhalten.«

»Oskar, träum nicht. Du hast recht, es wird nicht funktionieren. Es ist zu wenig Wasser, wir können das Windrad nicht aufstellen, der BUND Naturschutz ist gegen uns. Es wird nicht klappen. Unsere beste Chance ist, wir verkaufen das an irgendwen. Der verkauft das auch an irgendwen. Vielleicht realisiert er vorher noch einen Planungsschritt mehr. Oder fängt tatsächlich mit dem Bau an. Zumindest wird er irgendwas machen, was den Wert des Projekts steigert. Der Nächste macht das genauso. Es geht nicht darum, ob hier jemals irgendwer surft. Das ist total egal. Was zählt, ist, nicht derjenige zu sein, dem das Projekt gehört, sobald die Musik endet. Wie beim Bankencrash 2008. So einfach ist das.«

Oskar fühlte sich komplett vor den Kopf gestoßen. Er wusste nicht, was er darauf antworten sollte. »Also nochmal, damit ich das auch richtig verstehe. Wir planen hier eine Luftnummer, die wir gar nicht umsetzen wollen, und das Ziel des Ganzen ist, dieses Konstrukt möglichst schnell zu verschachern.«

»Ja, für den Bau habe ich auch gar nicht das Geld«, bestätigte Flori.

»Für den Bau hast du auch gar nicht das Geld. Alles klar.« Oskars Puls raste. Seine Augen verengten sich. Das schlug dem Fass den Boden aus! Wieso hatte er sich überhaupt auf diesen Zirkus eingelassen? Er hatte nur eine solide Perspektive für den Salzsteig haben wollen. Sonst nichts. Oskar ballte die Faust. Er hatte nicht übel Lust, Flori eine zu verpassen.

»Jetzt beruhig dich. Wir können das Ganze immer noch abblasen. Obwohl das Potenzial wirklich enorm ist«, versuchte Flori ihn zu besänftigen. »Davon abgesehen, so läuft das Geschäft. Das macht jeder so!«

Oskar schüttelte ungläubig den Kopf. Er hatte diesem Kerl vertraut. Ihn an seinem Mittagstisch essen lassen. Und nun entpuppte sich Flori als Windhund, der halbseidene Geschäfte machte und ihn womöglich in den Ruin trieb.

»Das macht jeder so?! Und es ist auch legal, oder?! Von der moralischen Dimension will ich mal gar nicht anfangen!«

»Natürlich ist das legal. Man verkauft ein Projekt, nur zählt man dabei nicht alle Risiken auf. Wenn du dein Auto verkaufst, erzählst du doch auch nicht unbedingt, dass die Bremsleuchte manchmal einen Wackelkontakt hat, oder?

Moral muss man sich leisten können. Meine Ex-Frau hat mir gezeigt, dass ich sie mir gerade nicht leisten kann.«

»Scheiße, Mann, fick dich! Dich und dein ganzes verkacktes Projekt! Wir haben hier eine Menge Arbeit reingesteckt und wofür?« Oskar stapfte wütend aus dem Raum. Nicht, ohne die Tür knallen zu lassen.

*** 

Oskar stieg, um sich selbst zu sortieren, in den alten, vollgerümpelten Dachboden des Wirtshauses. Hier lagerten die Bestände unzähliger Feste und Feierlichkeiten, die im Laufe der Jahre angefallen waren. Von Faschingsdekoration aus den 1950ern, über Christbaumkugeln aus den 70ern, bis hin zu der alten Eckbank, an der sich jahrzehntelang der Stammtisch getroffen hatte.

In Zeiten der Unsicherheit vermisste er seine Eltern am schmerzlichsten. Oskar fand in einem Eck den ausgestopften Kopf eines alten Ziegenbocks. Er konnte sich aus den Tagen seiner Kindheit erinnern, wie der in der Wirtsstube über dem Stammtisch an der Mauer gethront hatte. Es war nur Hals und Kopf eines vormals stattlichen Tieres. Vom vielen Zigarettenrauch waren die Haare bräunlich verfärbt worden.

Das Rauchverbot, das seit 2010 galt, war Fluch und Segen zugleich. Fluch, weil sich das gesellige Beisammensein auf dem Lande noch stärker auf private Hütten und Vereinsheime konzentrierte, in denen fleißig weiter gequalmt werden durfte. Für Oskars Lunge aber war es ein Segen. Auch die Tatsache, dass er nicht mehr jeden Abend seine komplette Garnitur Kleidung auslüften musste, hatte sein Gutes.

Beim Versuch, die verschiedenen Kisten mit Weihnachtsdekoration in einer Ecke zu sammeln, blieb Oskar mit einem Fuß hängen und stolperte über eine hölzerne, kniehohe Truhe. Er schlug mit großem Getöse auf dem ungehobelten Bretterboden auf. Einige Christbaumkugeln flogen dabei aus der Schachtel, die er gerade bewegt hatte, und zersplitterten vor seinen Augen.

»So ein Dreck«, fluchte er im Halbdunkeln. Wo kam die bescheuerte Truhe her? Und was war das überhaupt für eine? Er konnte sich nicht erinnern, ihren Inhalt je näher angesehen zu haben. Was wohl darin sein mochte?

Er versuchte, den Verschluss mit den Fingern zu öffnen, aber das Metall war komplett verrostet und bewegte sich keinen Millimeter. Er blickte sich um. War hier nirgends ein Hammer oder etwas Ähnliches zu finden?

Auf einem Holzbalken entdeckte er einen alten, bröseligen Ziegelstein. Vielleicht würde es damit funktionieren. Als er ihn aufhob, kitzelte der Staub so sehr in seiner Nase, dass er niesen musste.

Oskar ging zurück zu der Truhe und schlug vorsichtig mit dem Ziegel gegen das Eisen. Der rote Stein splitterte, aber nach und nach bewegte sich auch der Riegel. Schließlich hatte er den Verschluss geöffnet.

Die Truhe enthielt neben einigen mottenzerfressenen Hosen und einem Kartoffelsack aus Jute ein paar schwarzweiße Fotos auf dickem, pappartigem Papier mit gezackten Rändern. Oskar zählte fünf Stück. Die Menschen auf den Bildern hatte er noch nie zuvor gesehen.

Auf einem Foto war eine Familie zu sehen. Ein Mann links, mit schönem Sonntagsanzug, Krawatte, Einstecktuch. Schwerer, dicker Stoff. Die Haare ordentlich zurückfrisiert. Auf der rechten Seite des Bildes befand sich eine Frau in geblümtem, ebenfalls feschen Kleid. Sie hatte schulterlange, wellige, dunkle Haare. Beide blickten stolz drein. Vor ihnen standen drei Jungen im Schulalter. Oskar schätzte sie auf acht bis vierzehn Jahre. Sie trugen kurze Hosen, aber dazu eine Art Sakko aus erkennbar schwerem Stoff. Ihre Haare waren ordentlich gescheitelt. Alle fünf blickten stolz und zufrieden.

Die nächsten Bilder zeigten einmal nur den Vater und die Mutter und jeweils ein Porträt der Söhne einzeln.

Oskar schloss die Truhe und steckte die Fotos in seine hintere Hosentasche. Er würde Onkel Sepp fragen. Der wusste bestimmt, wer auf den Bildern zu sehen war. Er würde ihn sowieso wegen Floris Eröffnung um Rat fragen.

Als Sepp wenig später in die leere Gaststube trat, sprach Oskar ihn auf die Bilder an.

»Zeig mal her«, sagte er. Während er die Unbekannten betrachtete, machte Sepp ein ernstes Gesicht. »Oh.« Er überlegte einen Moment. »Die Fotos hab ich schon lange nicht mehr gesehen. Wo hast du sie gefunden?«

»Auf dem Dachboden, in einer Kiste. Du kennst die Familie? Waren das Gäste?«

»Nein«, Sepp machte eine Pause. »Das waren die früheren Besitzer des Salzsteig.«

»Wie meinst du das, die früheren Besitzer?«, hakte Oskar verwundert nach. »Ich dachte, unsere Familie war schon hier, als das Gelände noch ein Bauernhof war. So hat man es immer gesagt, oder nicht?«

»Das stimmt auch«, antwortete sein Onkel. »Deine Großeltern haben die Gebäude noch als Bauernhof übernommen. Und vorher haben sie schon hier mitgearbeitet. Dein Opa war ja nur Hilfsarbeiter.«

»Ich dachte, er war der Bauer hier?« Oskar zog verwirrt eine Augenbraue nach oben. Er hatte nicht damit gerechnet, dass dieser Fund seine Familiengeschichte berühren würde.

Sepp atmete tief durch. »Pass auf. Was ich dir jetzt erzähle, hätten dir deine Eltern sicher auch irgendwann anvertraut. Aber da sie ja nicht mehr sind, ist es wohl meine Aufgabe. Die Gebäude hier sind mehrere hundert Jahre alt, das weißt du. Mitte der 1930er Jahre befand sich das ganze Gehöft allerdings in denkbar schlechtem Zustand. Seit zwanzig Jahren hatte hier niemand mehr gewohnt. Das Dach halb eingestürzt. Alles völlig mit Stauden zugewuchert. Davon gibt es auch ein Foto, das hab ich zu Hause. Bis ein Berliner Anwalt mit seiner Familie beschloss, sich hier im Bayerischen Wald niederzulassen. Er hatte wohl keine Lust mehr auf die Stadt und seinen Beruf. Das ist die Familie auf den Fotos. Sie haben hart gearbeitet, die Gebäude wieder instand gesetzt und den ganzen Betrieb aus seinem Dornröschenschlaf wachgeküsst. Nach ein paar Jahren hatten sie sich sogar eine Hilfskraft leisten können: dein Opa. So, jetzt weißt du, wer das ist«, schloss Sepp. Er machte keine Anstalten, weiterzuerzählen.

Oskar scheute sich, zu fragen. Nach einigen Sekunden angespannten Schweigens tat er es aber doch.

»Und wie genau ist Opa zu dem Gehöft gekommen?«

»Dein Großvater«, setzte Sepp an, »war kein besonders guter Mensch.«

Das Sprechen fiel ihm sichtlich schwer. Er versuchte offenbar, die richtige Formulierung zu finden. So ernst hatte Oskar ihn seit der Beerdigung seiner Eltern nicht mehr erlebt.

»Dein Opa trat in die NSDAP ein und schwärzte die Familie beim örtlichen Gauleiter an. Du musst wissen, sie waren jüdisch. Die Familie hatte zwar Wind davon bekommen, aber an dem Tag, als sie sich für die Flucht gerüstet hatten, holte die SS sie ab. Dein Großvater hat, glaube ich, 100 Reichsmark für das ganze Gelände bezahlt. Selbst für damalige Verhältnisse ein lächerlicher Betrag. Das war im Sommer 39.«

Oskar wurde schlecht. Er wusste, dass solche Dinge passiert waren. Er hatte es in der Schule gehört. Hatte Dokumentationen gesehen. Aber niemals wäre er darauf gekommen, dass das in seiner Familie der Fall war. Dass seine Familie sich derartig bereichert hatte. Solche Geschichten waren doch nur in den Städten geschehen. Mit Kaufleuten, Kramerläden und dergleichen.

»Uff!«, sagte er. »Mann, Mann, Mann.«

Er setzte sich auf einen Stuhl.

Atmete.

Starrte kurz auf den Boden vor sich.

Dann wandte er sich an seinen Onkel: »Aber wieso sagst du mir das erst jetzt? Und wieso haben meine Eltern einfach so weitergemacht? Hier? Mit dem Wissen, dass Opa für dieses Grundstück eine ganze Familie in den Tod geschickt hat!«

»Was hätten sie denn tun sollen? Nach dem Krieg war jeder froh, wenn er ein Auskommen hatte. Sie konnten es ja schlecht zurückgeben. Die Familie war direkt ins KZ gebracht worden. Dein Vater hat später sogar nachgeforscht, aber von ihnen hat keiner überlebt. Wir waren ja alle selber noch Kinder, als das passiert ist.«

»Scheiße, das ist echt heftig.« Oskars Puls raste.

»Was denkst du, wie oft ich mit deinen Eltern darüber gesprochen habe? Aber es hilft nichts. Sie haben das Einzige getan, was ihnen übrig blieb. Mit der Vergangenheit abschließen. Es war dein Großvater, nicht dein Vater, der die Schuld auf sich geladen hat.«

»All die Jahre.« Oskars Hände zitterten. In seinen Beinen nadelten kleine Stiche. Er fühlte sich komplett betäubt, konnte das nicht realisieren. Zwar hatte er die Worte gehört, aber er konnte den Bezug nicht herstellen.

»Danke, dass du mir das gesagt hast«, flüsterte er schließlich. »Das ändert alles.«

»Nein, Oskar, das ändert gar nichts. Es ist eine richtig
schlimme Geschichte, aber es ändert für dich jetzt und hier
überhaupt nichts. Du kannst es nicht ungeschehen machen.
Wenn du dich schuldig fühlst, ist das unsinnig. Egal was
du tust, es kann die Vergangenheit nicht mehr ändern. Wir
können nur Acht geben, dass sich die Geschichte nicht wie-
derholt. Das ist alles, was wir tun können.«

Oskar brauchte nun wirklich frische Luft. »Kannst du
hier die Stellung halten? Ich muss unbedingt raus.«

Sepp bejahte. »Tut mir leid, dass ich dir diese Sache nicht
ersparen konnte. Aber es ist, wie es ist.«

\*\*\*

»Uff, das ist ein Hammer«, sagte Tatjana, nachdem Oskar
ihr die neuen Erkenntnisse aus seiner Familiengeschichte
dargelegt hatte.

»Wahnsinn, oder? Ich weiß nicht, wie ich damit umgehen
soll. Außerdem verstehe ich nicht, wieso meine Eltern diese Tatsache einfach verdrängt haben«, sagte er aufgewühlt.
»Das geht mir nicht in den Kopf.«

Sie hatten sich zum Spaziergang im Wald getroffen. In
der Ferne zwitscherte ein Vogel. Davon abgesehen war es
absolut still. Es roch moosig, in der Nacht hatte es geregnet.
Der weiche Boden dämpfte ihre Schritte.

»Lass uns überlegen, welche Möglichkeiten du hast«,
setzte Tatjana an. »Du könntest eine Gedenktafel oder einen Gedenkstein am Haus anbringen. Oder Geld an eine
Gedenkstätte spenden, was angesichts deiner momentanen

Finanzlage eher etwas für die Zukunft wäre. Überhaupt denke ich, du solltest nichts überstürzen. Das ist sechzig Jahre her. Da kommt es auf ein paar Tage nicht an.«

Oskar nickte. »Stimmt schon.« Er verließ den Weg und ging ein paar Schritte in den Wald, um einer großen Pfütze auszuweichen.

»Oder du lässt es einfach auf sich beruhen. Das wäre vielleicht nicht die beste Lösung, aber ich könnte es verstehen.«

»Das kann ich nicht, das weißt du. Ich habe die letzten zwei Tage schon nicht geschlafen wegen dieser Sache.« Oskar kam auf den Weg zurück. »Flori hat mir vorgeschlagen, alles zu verkaufen.« Das hatte er zwar in einem anderen Zusammenhang getan, aber das tat ja nichts zur Sache.

»Und dann?«, fragte Tatjana.

Oskar zuckte mit den Schultern. »Ich hab keine Ahnung. Zumindest müsste ich nicht in diesem Mahnmal leben.«

Tatjana hob einen Fichtenzweig auf und begann, die Nadeln abzupulen.

»Ich würde ein bisschen Geld behalten, sodass ich etwas Neues anfangen kann. Den Rest spenden.«

»Das ist natürlich eine Möglichkeit«, antwortete Tatjana.

Oskar kickte einen Stein weg. »Ich weiß es einfach nicht.«


Zwei Tage später hatte Oskar einen Entschluss gefasst.

»Ich hab's mir überlegt«, setzte er an, nachdem er zu Flori ins Zimmer gekommen war. »Wir machen's. Wir verkaufen das ganze Ding. Sind deine Partner noch interessiert?«

Flori blickte ihn überrascht an. »Wie? Jetzt doch?«

Oskar nickte. »Ich habe meine Meinung geändert.«

Er musste ihm die unrühmlichen Details ja nicht unbedingt auf die Nase binden.

»Und du bist dir sicher?«

Flori zweifelte offenbar ob seines rapiden Sinneswandels an seinem Entschluss. Nur zu verständlich.

»Absolut sicher«, entgegnete Oskar. Er war noch nie gut darin gewesen, Entscheidungen zu treffen, schon gar nicht in dieser Größenordnung. Aber er war so überzeugt, wie man nur sein konnte. Es war der einzige zufriedenstellende Ausweg aus dieser Situation. Er würde das Geld an die Stiftung Bayerischer Gedenkstätten spenden. Was er danach mit seinem Leben machen sollte, wusste er allerdings noch nicht.

»Dann lass mich mal meine Partner anrufen.«

Flori sah auf die Uhr. Es war gerade neun Uhr morgens. »Oder später. Die schlafen jetzt noch«, fügte er hinzu.

Wie sollte er seine Entscheidung Onkel Sepp erklären? Und seiner restlichen Familie? Oskar stutzte bei dem Gedanken. Lag die Erklärung nicht auf der Hand? Sie würden sich genauso entscheiden, oder nicht? Es fühlte sich richtig an. Seit er am Vorabend entschlossen hatte, hier nicht weiterzumachen, war er gelöster als zuvor. Und wieso hatten sie ihm nicht früher die Wahrheit gesagt? Wer kannte die Geschichte noch?

Mittags kam Hannes Wagner mit ernstem Gesicht in die Wirtsstube. Er hatte eine dunkelbraune Ledertasche dabei und begrüßte Oskar zurückhaltend. Nachdem er sich gesetzt hatte, kam er gleich zur Sache: »Gibt's schon was Neues von deinem Projekt?«

»Die Planung geht ganz gut voran. Es wird nicht einfach, aber es könnte klappen.«

Solange der Verkauf noch nicht spruchreif war, würde er es auch Dritten nicht erzählen. Selbst wenn es sich um jemand vergleichsweise Nahestehenden wie Hannes handelte.

Hannes brummte. »Hör zu, wir werden einen Antrag auf eine spezielle Schutzzone für die Moorenten stellen.«

»Was? Ach, komm schon, Hannes. Das ist doch nicht dein Ernst!« Oskar war entgeistert. Damit wäre das Projekt komplett gestorben. Auch an einen Verkauf war damit nicht mehr zu denken.

»Was würde das bedeuten? Und wann soll das eingerichtet werden?«, erkundigte Oskar sich.

»Na ja, der See müsste möglichst naturbelassen bleiben. Auch ein Teil des Waldes drum herum würde zum Schutzgebiet werden. Weißt du, die Vogelvielfalt ist am See der Wahnsinn. Hier leben noch so viele Singvögel wie im ganzen Umkreis nicht. In der Landschaft gibt's ja keine Hecken mehr, keine Insekten, gar nix.«

»Und wann wollt ihr das beantragen? Wie lange dauert das?«

»Momentan überarbeiten wir den Antrag. Er soll nächste Woche eingereicht werden.«

Oskar überlegte. So was Blödes. Natürlich war er auch dafür, dass dem Tierschutz ein hoher Stellenwert zukam, aber doch nicht ausgerechnet jetzt und hier!

»Danke, dass du mir das sagst. Dir ist klar, dass du damit die Zukunft des Salzsteigs aufs Spiel setzt, oder?«

Oskar fühlte sich seltsam gespalten. Einerseits war das die schlechteste Nachricht, die er sich vorstellen konnte. Andererseits hatte er überraschend schnell mit dem ganzen Kapitel Salzsteig abgeschlossen. Daher betraf es ihn wiederum überhaupt nicht.

»Das ist mir bewusst. Es tut mir auch persönlich leid, aber es steht einfach zu viel auf dem Spiel. Der NABU hat kürzlich eine Studie veröffentlicht, wonach die Anzahl der Insekten in den letzten 25 Jahren um 75 Prozent zurückgegangen ist! 75 Prozent! In so einer kurzen Zeitspanne! Das ist Wahnsinn. Unsere Vögel gehen dabei drauf. Die leben ja von Insekten. Wir müssen etwas tun! Da können wir auf deine Pläne keine Rücksicht nehmen, so leid es mir tut. Es ist schon viel zu viel zerstört worden. Auch bei uns.«

Oskar schürzte die Lippen. Er atmete tief und lang und hörbar aus. Vielleicht sollte er den ganzen Laden einfach niederbrennen. Aber was dann?

Flori kam gut gelaunt von draußen herein.

»Also, ich hab Hardy erwischt«, verkündete er. »Er ist noch interessiert. Für meinen Anteil würde er wahrscheinlich eine Million zahlen. Damit wäre ich zwar aus der *Grand Hospitality* draußen, aber immerhin hätte ich dann mehr als die läppischen 450.000, die mir meine geliebte Gattin zusteht.« Er grinste. »Wieso bist du so deprimiert?«, fügte er hinzu, als er Oskars Gesicht sah.

»Weil aus dem ganzen Plan nichts wird. Hannes war gerade hier. Sie werden nächste Woche ein Vogelschutzgebiet beantragen, das insbesondere meinen See und einen Teil des Waldes umfassen soll. Wenn das genehmigt wird, können wir einpacken.«

»Shit.« Flori kratzte sich an der Stirn. »Shit, shit. Das ist nicht gut.« Er knetete aufgebracht sein Ohrläppchen.

»Und er wird das definitiv beantragen? Ich meine, ihr seid doch befreundet, oder nicht? Er funkt dir ja damit ordentlich dazwischen. Also, so richtig.«

Oskar schüttelte den Kopf. »Wenn Hannes was vorhat, dann macht er das. Außerdem hat er ja recht. Hast du von dem Bericht zum Insektensterben gehört? Das ist total krass. Da will er zumindest tun, was er in seinem Wirkungsbereich tun kann. Ist ja verständlich. Wenn das so weitergeht, gibt's sonst bald gar keine Tierwelt mehr.«

»Ach, so schlimm ist das auch nicht. Dann braucht man zumindest kein Insektengift mehr spritzen«, flachste Flori.

Oskar war nicht zum Scherzen zumute. »Das ist alles scheiße. Und es ist auch irgendwie falsch, so eine künstliche

Welle hier, mitten in die schönste Natur, reinzusetzen. Es wird sowieso schon alles mit Beton zugepflastert.«

»Na, na. Jetzt beruhig dich erst mal wieder. Unsere Idee wäre ja ein naturnahes Projekt. Das passt wunderbar hierher. Generell könnte man es auch so planen, dass ein Teil des Sees bestehen bleibt. Dann haben alle was davon.«

»Das kann dir doch sowieso egal sein, du bist doch eh raus.«

»Es ist mir nicht egal. An sich würde ich diese Welle total gern bauen. Angesichts der Umstände sehe ich nur nicht, dass wir beide das hinbekommen. Es ist doch ein fabelhafter Ausweg. Wir übergeben ein, zugegeben, nicht ganz einfaches Projekt an eine größere Firma und sind unsere Sorgen los. Wobei das durch diesen Antrag unmöglich werden würde.« Flori neigte den Kopf und blickte an Oskar vorbei. »Hm«, machte er. »Du willst nach wie vor verkaufen, ja? Ich glaube, ich hätte da eine Idee«, sagte er schließlich.

Oskar nickte. Er wollte das alles hinter sich lassen. Einfach neu anfangen. Irgendwo.

»Kannst du Hannes bitten, mit dem Antrag noch ein wenig zu warten? Dann verkaufen wir das alles hier schnellstmöglich an die *Grand Hospitality*. Und dann kann Hannes sein Vogelschutzgebiet haben.«

»Puh, du willst die derart bescheißen? Ist Hardy nicht dein Freund?«

»Was heißt bescheißen? Ich habe für meinen Anteil an der Firma mehr verdient, als Jessy mir geben will. Und du verkaufst im Grunde nur dein Gasthaus zu einem guten Preis. Es ist idyllisch gelegen, in halbwegs gutem Zustand. Sie können die Pension ja jederzeit weiterbetreiben. Dafür könntest du auch so eine Million kriegen. Na ja, ungefähr. Aber Betrug ist das nicht. Sie kriegen das Projekt in seinem derzeitigen Zustand und den Grundbesitz dazu. Wer weiß, vielleicht geht der Antrag für das Schutzgebiet ja gar nicht durch? Dann können sie den Pool immer noch bauen.«

»Ich kann nicht gerade behaupten, dass mir bei der Sache wohl ist«, antwortete Oskar zurückhaltend.

Andererseits würde er so genau das bekommen, was er wollte. Moralisch einwandfrei war die Sache natürlich trotzdem nicht. »Oh man, wieso muss das so verzwickt sein?«, murmelte er.

Oskar ging eine Runde am See spazieren. Ein schmaler Trampelpfad zog sich um das Gewässer, der auf der dem Wirtshaus gegenüberliegenden Seite eine Abzweigung in den Wald anbot. Die Sonne stand tief und erzeugte lange Schlagschatten der angrenzenden Bäume und Büsche. Das satte Gras ragte immer wieder büschelweise in den Pfad hinein. Vögel zwitscherten. Als er halb um den See herumgegangen war, stimmten ein paar Frösche ein Konzert an. Eine unnachahmliche Kombination aus quietschendem Gummi und zirpendem Leder. Aus der Ferne hörte er einen Kuckuck. Oskar musste grinsen. Es war wirklich ein Paradies hier. Wenn er verkaufte und Hannes das Schutzgebiet realisierte, war allen geholfen. Außer Hardy und Jessy. Konnte er das verantworten?

Was hätten seine Eltern getan? War das überhaupt noch wichtig? Nachdem er herausgefunden hatte, dass er all die Jahre einer derart geschönten Erzählung aufgesessen war? Es blieben trotzdem seine Eltern. Auch ohne den vermaledeiten Betrieb.

Er ging zurück in die Wirtschaft, wo Randy zu Besuch gekommen war.

»Na, Bruderherz, wie läuft's?« Damit klopfte er Randy auf die Schulter.

»Gut läuft's, gut!«, erwiderte der fröhlich. »Mir ist ein Name für euren Surfpool eingefallen. Pass auf!« Randy machte eine Kunstpause. »Swellhäusl!« Er blickte Oskar erwartungsvoll an.

»Swellhäusl?«

Randy nickte. »Super, oder? Als Wortspiel mit dem Schwellhäusl, diesem Wirtshaus bei Bayerisch Eisenstein. Und Swell ist bei den Surfern der Ausdruck für die Wellen, die vom Meer reinkommen. Hab ich im Internet gelesen. Das ist doch klasse, oder nicht?«

»Swellhäusl«, wiederholte Oskar gedankenverloren. »Warum nicht?« Er machte eine Pause. »Andererseits, Randy. Ich hab' beschlossen, das komplette Projekt zu verkaufen.«

»Was?«, fragte sein Bruder entgeistert. »Wieso? Jetzt, wo's gerade losgeht?«

Wie viel wusste Randy von der Familiengeschichte?

»Mmmh, ich hab da eine Fotografie auf dem Dachboden gefunden.« Oskar holte das alte Foto aus einer Schublade des Tresens. »Und Onkel Sepp hat mir die Geschichte dazu erzählt. Kennst du diese Leute? Und kennst du die Hintergründe?«

Randy besah sich das Foto. Er nickte. »Ja, leider kenn ich die Geschichte«, sagte er mit ernster Miene.

»Was? Und du sagst mir nichts davon? Ich meine, das ist keine Kleinigkeit, die man mal eben so vergisst!«

Randy blickte bedröppelt drein. »Aber es ist auch nicht gerade die Art Geschichte, die man gern erzählt. Ich hab früher intensiv darüber nachgedacht, wie man damit am besten umgeht. Und damit meinen Frieden gemacht. Und ganz ehrlich, das solltest du auch. Es akzeptieren. Deswegen musst du nicht gleich das Handtuch werfen, Herrgott.«

»Müssen tu ich das nicht, das stimmt, allerdings kann ich hier nicht einfach so weitermachen. Nicht, seit ich die ganze Geschichte kenne. Das geht einfach nicht.«

»Na ja, ist ja nicht so, als könnt ich's nicht verstehen. Überleg's dir bitte trotzdem nochmal. Das ist einfach ein krasser Schritt! Der lässt sich auch nicht wieder rückgängig machen.«

Oskar nickte. »Ich weiß. Allerdings bin ich mir sicher, dass es das Richtige ist«, sagte er leise, aber bestimmt.

Schweigend saßen sie auf der Eckbank aus Eichenholz, an dem sich der Stammtisch immer getroffen hatte.

Blickten stumm vor sich.


In den folgenden Tagen telefonierte Flori diverse Male mit Hardy. Sie sprachen die Details des geplanten Surfparks durch. Flori mailte alle Unterlagen und Gutachten, die sie bislang angesammelt hatten, ins Büro der *Grand Hospitality*. Oskar und er hatten sich darauf geeinigt, ihnen wirklich alle Unterlagen zu schicken. Auch die Einschätzung bezüglich des Windrades und der Wassermenge. Mochte Jessys Verhalten auch noch so gemein sein, sie wollten ihren Partner keine Informationen vorenthalten. Sie würden sie aber auch nicht mit der Nase auf die Problemstellen stoßen.

Hardy schloss sich daraufhin mit einem Planungsbüro kurz. Er hatte keine Ahnung von den Gegebenheiten und rechtlichen Fallstricken einer solchen Anlage in Deutschland – woher auch? Aber nach und nach kristallisierte sich seine Zustimmung heraus.

Parallel dazu setzte Flori sich mit seinem Scheidungsanwalt in Verbindung. Der Deal würde nur klappen, wenn Jessy ebenfalls einverstanden war. Aber wieso sollte sie das nicht sein? Sie hatte in der Vergangenheit Hardys Einschätzung bezüglich der gekauften Objekte immer geteilt. Davon abgesehen wäre sie vermutlich froh, wenn sie sich mit Flori nicht mehr streiten musste.

Oskar nahm das Telefon von der Basis und wählte die Nummer von Hannes Wagner.

»Hallo Hannes, kann ich dich um einen Gefallen bitten?«, fiel Oskar mit der Tür ins Haus. »Könntest du den Antrag für das Vogelschutzgebiet um einen Monat verschieben?«

Der Telefonhörer blieb still. Oskars ehemaliger Biologielehrer schien zu überlegen. »Warum sollte ich das tun?«, fragte er schließlich misstrauisch.

»Das kann ich dir nicht so einfach erklären. Ich garantiere dir, es wird an deinem Antrag nichts ändern.«

»Willst du Zeit gewinnen? Wollt ihr ohne Genehmigung mit dem Bau beginnen, sodass hinterher nichts mehr da ist, was man schützen könnte?«

Von entsprechenden Vorgängen hatte man leider schon zu oft gehört.

»Hannes, du kennst mich. Du solltest wissen, dass ich so was nicht mache.«

»Ich verstehe nur nicht, was das bringen soll.«

»Bitte. Ich bitte dich inständig. Ich kann dir leider die Details nicht erklären. Aber es ist sehr wichtig, dass in den nächsten vier Wochen kein Antrag eingeht. Was auch immer danach passiert, soll mir recht sein.«

Hannes schwieg. Schließlich sagte er: »Du willst verkaufen? Ist es das?«

Oskar war überrascht. Gleichzeitig wurde ihm klar, dass ihn sein letzter Satz verraten hatte.

»Ja«, antwortete er kurz. »Genau das.«

»An wen?«

»Einen amerikanischen Hotelkonzern.«

Stille. Es vergingen etliche Sekunden, bevor Hannes sich wieder äußerte.

»Vielleicht ist das gar nicht so schlecht. Bei einem gesichtslosen Konzern bestehen wahrscheinlich weniger Bedenken hinsichtlich des Antrags. Damit dürfte die Genehmigung leichter kommen. Wenn es dich betrifft, hätte ich mir vorstellen können, dass das ein paar Leuten nicht gefällt. Wie viel Zeit brauchst du?«

Unter diesem Gesichtspunkt hatte Oskar den Verkauf noch gar nicht gesehen. Aber Hannes hatte recht. Dadurch würden die Chancen für das Schutzgebiet vielleicht sogar steigen.

»Der Notartermin ist in einer Woche, und es wäre gut, wenn nicht direkt danach der Antrag eingeht. Ihr könntet ja argumentieren, dass das Schutzgebiet erst durch den Besitzerwechsel zwingend notwendig wurde, oder? Weil man bei so einem Konzern nicht weiß, was sie vorhaben.«

Oskar war von sich selbst überrascht. Beteiligte er sich hier tatsächlich an der Planung eines Komplotts? Aber der Stein war längst ins Rollen geraten. Letztlich war es nun mal die am wenigsten schlechte Lösung.

»So machen wir's!«, sagte Hannes begeistert. »Weißt du, ich hatte ein schlechtes Gewissen wegen dieser Sache. Ich wollte dich nicht schädigen. Aber irgendwo muss einfach Schluss sein. Hier noch ein Einkaufszentrum, da noch ein Parkplatz. Es ist fünf nach zwölf. Aber so ein Großkonzern schreibt das einfach als Fehlinvestition ab und gut ist's.«

»Hoffen wir's«, verabschiedete sich Oskar.


Flori rieb vergnügt die Hände, als Oskar ihm vom Gespräch mit dem Vorsitzenden des BUND Naturschutz erzählte.

»Super. Das läuft ja ausgezeichnet«, sagte er. »Jessy und Hardy sind auch auf Kurs. Jessy will die Scheidung so schnell wie möglich über die Bühne bekommen. Sie hat sich wirklich in diesen trotteligen Portier verliebt. Kann man sich das vorstellen? Ich Depp hab den auch noch eingestellt.«

Flori biss die Zähne aufeinander, sodass die Kiefermuskeln an den Backen hervortraten. »Na ja, was soll's?«, sagte er schließlich. »So ist das Leben, nicht?«

Oskar nickte. Er hätte sich vor wenigen Wochen auch nicht vorstellen können, dass innerhalb einer so kurzen Zeitspanne sein Lebensplan derartig durcheinandergewirbelt werden könnte. Sein ganzes Leben lang, besonders seit dem Unfall seiner Eltern 2009, war das Wirtshaus sein Lebensmittelpunkt gewesen. Aber Flori hatte recht, so war das Leben. Man konnte sich ärgern, fluchen, schimpfen. Im Endeffekt musste man sich aber doch mit den Gegebenheiten arrangieren.

\*\*\*

Flori und Oskar holten Hardy vom Flughafen München ab. Jessy wollte sich den Trip nach Europa sparen. Vermutlich nur, um Flori nicht nochmal sehen zu müssen.

Sie hatten sich extra einen stattlicheren Wagen besorgt. Einen Audi A8. Hardy sollte merken, dass sie es ernst meinten. Außerdem wäre er hoffentlich weniger misstrauisch, wenn er sich bestens umsorgt fühlte.

Der Notartermin war erst für den frühen Nachmittag angesetzt und so hatten sie Zeit für einen Rundgang um die Wirtschaft und das umliegende Gelände. Allem voran natürlich dem See.

»Jetzt mal ehrlich, wieso verkauft ihr das Projekt?«, erkundigte sich Hardy, nachdem er zuvor lobende Worte für die Pension und den See gefunden hatte.

160

»Weil wir keinen Investor für die Wellenmaschine finden, ganz einfach«, erläuterte Flori. »Ich wollte das mit meinem Anteil der *Grand Hospitality* stemmen, aber da wird ja nichts draus. Und die Zeit drängt. Nächstes Jahr werden schon weitere Anlagen dieser Art weltweit eröffnet. Wenn man nicht vorn dran ist, rentiert sich's nicht mehr.«

Hardy nickte. Die Antwort schien ihn zufriedenzustellen.

»Aber du, Oskar, warum verkaufst du?«, hakte er schließlich nach.

Tja, das war eine gute Frage.

»Ich war hier nie wirklich glücklich«, log Oskar. Das ging ihm erstaunlich leicht über die Lippen. »Wenn der Damm erst mal gebrochen ist«, dachte er und fügte laut hinzu: »Und als Flori mir das Projekt angeboten hat, habe ich sofort das Potenzial erkannt. Aber so eine Anlage zu betreiben, ist für mich eine Nummer zu groß. Ohne Flori könnte ich das nicht machen. Also steige ich am besten mit aus, dann könnt ihr mit qualifiziertem Personal starten.«

Auch das klang plausibel. Oskar und Flori hatten sich diese Begründung im Vorfeld schon überlegt. Hardy drehte sich zur Seite und blickte über den See.

»Herrlich«, sagte er.


Nach einem deftigen bayerischen Mittagessen – Schweinebraten mit Knödeln und Sauerkraut – begleitet von alkoholfreiem Weißbier machten sie sich auf den Weg zum Notar. Es war nur eine kurze Fahrt ins nahe Grafenau. Hardy zeigte sich von den sanften Hügeln der Landschaft begeistert. Für ihn schien das mehr eine gemütliche Kaffeefahrt zu sein als ein Businesstrip. Das sollte ihnen recht sein. Je schneller und problemloser das Geschäft über die Bühne ging, umso besser.

Im Büro des Notars angekommen, wurden sie zunächst in das kleine, aber noble Wartezimmer gebeten. Nach einigen

Minuten war der Notar bereit, die Delegation zu empfangen. Der Jurist saß in einem geräumigen Büro mit hohen Decken an einem massiven, hölzernen Tisch. Darum gereiht standen acht Stühle. Oskar versuchte sich vorzustellen, welche Geheimnisse dieser Raum wohl schon gehört hatte. Von der Testamentsverkündung über Grundstücksverkäufe, wie sie es nun vorhatten, bis hin zu Familienverträgen wurde hier alles abgehandelt. Gar nicht mal so uninteressant, befand er.

Nachdem sich Hardy, Flori und Oskar gesetzt hatten und alle mit Kaffee und Wasser versorgt waren, begann der Notar einige einleitende Worte zu sprechen. Er hatte eine ruhige, dunkle Stimme. Seine runde Brille und der adrette Kurzhaarschnitt seiner ergrauten Haare strahlten, in Verbindung mit dem edlen Anzug, Würde und Gelassenheit aus. Vor ihnen saß die Verlässlichkeit der Bundesrepublik Deutschland.

Er erklärte nochmal im Detail die Regelung, die vor allem durch Floris Ausscheiden aus der *Grand Hospitality* etwas komplexer geriet als üblich. Der Verkauf kam nur zustande, wenn Flori gleichzeitig auf alle Ansprüche auf Anteile der Firma verzichtete. Das musste aber natürlich in den USA geschehen.

»Durch die zwei beteiligten Staaten ist das eine etwas diffizile juristische Angelegenheit. Mein Team und ich scheuen uns selbstverständlich nicht, auch solche Aufgaben zu übernehmen«, erklärte der Jurist mit freundlichem Lächeln.

Nachdem er den genauen Vertragstext vorgelesen hatte, was entsprechend lange dauerte, ging es an die Unterschriften. Sie hatten mehrfache Ausführungen zu unterzeichnen. Diesmal zögerte weder Oskar noch Flori. Auch Hardy setzte seinen Haken freudig unter die Schriftstücke.

»Wow«, dachte Oskar und schluckte leise. »Liebe Eltern, es tut mir leid.« Sofort schob er den Gedanken beiseite. Jetzt war es zu spät.

Flori hingegen jubilierte still. Damit hatte er sich zur Hälfte von dieser Geißel befreit. Es galt nur noch, das entsprechende Gegenstück des Vertrags in den USA zu unterschreiben und dann wäre dieses leidige Kapitel für ihn endgültig beendet. Danach konnte er nochmal bei Null anfangen. Inklusive Startkapital.

Nach der Unterzeichnung verabschiedeten sie sich vom Notar und verließen das Bürogebäude. Flori überraschte die Runde mit einer Flasche Champagner, die er tags zuvor noch schnell gekauft hatte.

»Darauf sollten wir anstoßen«, sagte er und öffnete die Flasche mit einem lauten Knall.

Er stellte die drei mitgebrachten Sektgläser auf das Dach des Autos und schenkte ein.

»So endet also unsere Zusammenarbeit«, bemerkte Hardy wehmütig. »Ich möchte dir danken, Flori. Du hast all die Jahre wirklich einen guten Job gemacht. Aber wenigstens bekommst du jetzt eine halbwegs adäquate Abfindung, nicht?«

Hardy nahm das halb gefüllte Glas und hielt es, zum Anstoßen bereit, in Floris Richtung.

»Ach was«, sagte der. »Man ist immer nur so gut wie der Rest des Teams.«

Mit glöckchenhellem Klingen stießen die Gläser aneinander.

»Hardy, ich möchte dir zum Erwerb des Gasthauses und des Surfprojekts gratulieren.« Oskar hielt nun ebenfalls sein Glas in Hardys Richtung.

»Danke, danke. Ich freue mich schon darauf, mit dem Gelände den nächsten Schritt zu machen. Wobei, wenn ich ehrlich bin, geht es mir vor allem darum, Flori vernünftig auszuzahlen. Nichts für ungut, das Projekt ist mir relativ egal«, erwiderte der untersetzte Mann.

Flori und Oskar blickten sich erstaunt an.

»Ihr dachtet wohl, ich merke nicht, was hier gespielt wird, was? Es ist in Ordnung. Ich finde, Jessy hat sich schäbig verhalten. Die *Grand Hospitality* hat in den letzten Jahren exzellent gewirtschaftet. Wenn es nach mir ginge, würdet ihr einen besseren Preis bekommen. Aber so ist es für alle eine gute Lösung.« Hardy nippte am Sekt. Und lächelte glücklich.

Tags darauf ging es für Hardy und Flori zurück in die USA. Der Flug erschien Flori endlos. Im Bordkino lief eine Comedy-Serie, mit der er sich die Zeit vertrieb. Hardy döste die meiste Zeit neben ihm. Flori studierte die anderen Passagiere des A380. Es handelte sich um sehr gemischtes Klientel. Einige junge Pärchen auf dem Weg in den Urlaub. Einige Geschäftsreisende, die sich das Upgrade in die Business Class nicht leisten wollten, wie es auch für sie beide galt. Ganz hinten sah Flori einen Geistlichen in Mönchskutte. Ob das eine Beruhigungsmaßnahme der Airline für Menschen mit Flugangst darstellte?

Flori hatte sich in Eile auf dem Flughafen ein Surfmagazin gekauft. Als er nun darin blätterte, stellte er verärgert fest, dass sich das Blatt ausschließlich mit Windsurfen beschäftigte, nicht mit Wellenreiten. Er legte es weg, durchsuchte zum wiederholten Male die Mediathek des Fliegers. Schließlich döste auch er ein und wachte erst wieder auf, als die Maschine an Höhe verlor.

Nachdem sie ihr Gepäck geholt hatten, machte Flori sich per Taxi auf in sein Hotel. Er hätte natürlich im New Atlanta übernachten können, aber er hatte wenig Lust, Julian

Nightingale über den Weg zu laufen. Jessy würde er notgedrungen am nächsten Tag beim Anwalt sehen. Also hatte er sich eine anderweitige Unterkunft gebucht.

Als er durch Atlanta chauffiert wurde, wurde ihm bewusst, dass seine Tage hier gezählt waren. Er hatte eine gute Zeit gehabt, keine Frage. Und das Ende dieser Episode, immerhin 20 Jahre, gestaltete sich durch den Deal halbwegs versöhnlich.

Am nächsten Morgen frühstückte Flori reichlich in einem Laden neben dem Hotel. Er wollte ordentliche Pancakes und im Frühstücksraum des Hotels hatte es nur einen seltsamen Automaten gegeben, der die Frühstückspfannkuchen ausspuckte. Er bereute die Entscheidung nicht. Die ältere Dame, die den Diner betrieb, zauberte ein wirklich hervorragendes Frühstück. So konnte der Tag gut starten.

Am frühen Vormittag stand dann der Anwaltstermin auf dem Plan. Flori nahm wieder ein Taxi. Jessy und Hardy erwarteten ihn im Warteraum des Büros.

»Hi Hardy, Jessy«, begrüßte er die beiden.

Jessy ließ sich keine Gefühlsregung anmerken. Schließlich würden sie doch neben dem Vertrag zum Verkauf seiner Anteile an der Firma auch die Scheidungspapiere unterzeichnen. War ihr das egal? War ihm das egal? Er konnte es nicht sagen.

Minuten später wurden sie in das Büro des Anwalts gebeten.

Wie sein deutscher Gegenpart zwei Tage zuvor sprach der Jurist ein paar einleitende Worte, las die Verträge vor und bat schließlich zur Unterzeichnung. Nach fünfzehn Minuten war alles erledigt.

»Das ging flott«, kommentierte Hardy, als sie das Büro verließen.

Sie schüttelten sich zum Abschied die Hände und jeder ging seiner Wege.

Keine Tränen, keine Ansprachen. Vielleicht war es so am besten.

Flori wählte Oskars Nummer.

»Es ist alles erledigt«, sagte er.

»Gott sei Dank«, erwiderte Oskar.

# Epilog

## Ubatuba

»Okay, das ist interessant. Ich hätte nicht gedacht, dass hinter dieser Hütte so eine Geschichte steckt«, sagte die junge Frau, die mit ihrem Board zu Oskar zurückgekommen war, um sich von den Strapazen des Surfens zu erholen. Oskar lächelte.

»Ja, nicht wahr?«

»Und Sie sind der Typ, den seine Ehefrau um das Geld bringen wollte?«

»Nein«, antwortete er, »ich bin der, dem die Pension gehört hat.«

»Ah, verstehe. Und von dem Geld aus dem Deal haben Sie sich hier in Brasilien eine Surfhütte gekauft? Ganz ehrlich, ich hätt's genauso gemacht. Und was ist aus dem anderen Typen geworden?«

»Flori hat sich in Lissabon ein Hostel gekauft. Von der Hotellerie konnte er irgendwie nicht lassen, aber die meiste Zeit surft er jetzt. Gar nicht mal so schlecht.«

Oskar verräumte das Surfboard und händigte der jungen Frau ihren Führerschein aus, den sie als Pfand dagelassen hatte.

»Wie ist denn die Vorhersage für morgen?«, erkundigte sie sich.

»Vormittags werden die Wellen ganz gut. Da solltest du früh hier sein.«

»Alles klar, dann bis morgen.«

»Ich werde da sein.«

Als die Frau die Hütte verlassen hatte, knatterte ein gelber Motorroller auf den Parkplatz.

Tatjana stieg ab und nahm den Helm vom Kopf.

»Hey, na? Wie läuft's?«

»Nicht viel los, aber ein paar Leute sind draußen.«

Sie küssten sich zur Begrüßung.

»Wie war das Vorstellungsgespräch mit der neuen Putzfrau?«

»Gut, ich hab sie eingestellt. Damit haben wir das Personal fürs Café beisammen, denke ich.«

Der leichte Wind ließ Tatjanas blonde Haare schweben.

Oskar küsste sie leidenschaftlich.

Es war ein Traum.